江戸の探偵

上訴の難

JN229527

角川文庫
24282

目次

第一章

一

どん、と物音が聞こえた。

――なんだ、今のは。

一気に眠りが浅くなった。

――まさか、河田《かわだ》内膳《ないぜん》の刺客がやってきたのではなかろうな……。

はっ、として目を覚ました永見《ながみ》功兵衛《こうべえ》は仰向《あおむ》けのまま枕元へと手を伸ばし、刀を引き寄せようとした。

だが、いくら手を動かしても指に触れる物はない。

なにゆえだ、と戸惑った功兵衛はうつ伏せになって顔を上げ、枕元に目をやった。

そこに刀はなかった。

――いったいどこへやったのだ。

功兵衛は焦りを覚えた。大事な愛刀をなくしてのうのうと寝るわけがないから、安全な場所に置いたのではなかろうか。

功兵衛は急いで上体を起こし、部屋の中を見回した。

まだ日は昇っていないようで、腰高障子は陽射しを映じておらず、部屋の中は真っ暗に近かった。

外からは鳥のさえずりも聞こえてこない。一番鶏《いちばんどり》の声も響いてこない。

――おや……。

夜目が利く功兵衛は、ここが馴染《なじ》みのない部屋であることに気づいた。

――俺はいったいどこにいるのだろう……。

隣で、糸吉《いときち》が子供のような顔をして眠っていた。かすかにいびきをかいており、左手の拳《こぶし》が畳の上に置かれている。

先ほど聞こえた物音は、糸吉が寝返りを打ち、その際に拳が畳を打って発せられたものであろう。

――刺客ではなかったか……。

拍子抜けした功兵衛は、ふう、と盛大に息をついた。

――そうか、ここは布美《ふみ》という娘の家だったな……。

ついさっきまで少し寝ぼけていたが、すでに覚醒《かくせい》しており、なにがあってこの家に来ることになったか、功兵衛ははっきりと思い出した。

布美とは昨日、出会ったのだ。岡っ引に追われているところを功兵衛が救い、その礼としてこの家に糸吉ともども招かれたのである。

――刀は刀架にかけたのであったな。

記憶がよみがえった功兵衛は、部屋の右側に目を向けた。そこには刀架があり、愛刀と脇差《わきざし》がのっていた。

よかった、と安堵《あんど》した功兵衛は身じろぎし、布団の上であぐらをかいた。

よく寝たな、と思い、思い切り伸びをした。朝まで一度も目を覚まさなかった。眠気はまったくなく、気分はすっきりしている。

これだけぐっすり眠ったのは、いつ以来だろう。少なくとも、半月前に故郷の石《いわ》見国加瀬津《みのくにかせつ》を出奔してから初めてではあるまいか。

――無事に江戸《えど》へ着き、気が抜けたのかもしれぬ……。

だが、おそらくそれだけが理由ではない。内膳が送り出した刺客が、布美の家を知っているわけがないという安心感があり、そのために気持ちを楽にして眠ることができたのだろう。

——ただ、夜中に半鐘の音を聞いたような気がしたが、あれは勘ちがいだったのだろうか……。

いや、勘ちがいなどではあるまい。確かに半鐘を耳にした。すぐさま逃げ出さなければならないほど火事が近かったら、布美が起こしに来てくれたはずだが、それはなかった。

——つまり昨晩の火事は、かなり遠いところで起きたということか……。

たっぷり眠ったおかげで長旅の疲れも、すっかり取れたような気がする。睡眠がいかに大事であるか、思い知らされた気分だ。

——これだけ体の調子がよいのなら、殿から命じられたお役目も、きっと果たせるにちがいない。

功兵衛が密かに石見国から江戸へ出てきたのは、主君の竹坂越中守斉晴《たけさかえっちゅうのかみなりはる》から預かった文を、斉晴の父である現将軍に届けるという重要な役目を成し遂げるためである。

斉晴は、いま加瀬津城の奥御殿の座敷牢《ざしきろう》に幽閉されている。国元の筆頭家老《がろう》河田内膳が押し込めにしたのだ。

――なんの罪もないのに、理不尽な目に遭わされている殿を、なんとしてもお救いしなければならぬ。

内膳は加瀬津湊《みなと》近くにある入江を利用し、人身売買の交易を行っていた。等左《とうざ》衛《え》門《もん》という男が船頭を務める船を使い、女衒《ぜげん》どもから買い集めた女子供を売りさばいていたのだ。

等左衛門や内膳によれば、女子供の売り先は国内とのことだったが、果たして真実なのかどうなのか。

功兵衛は疑わしいと思っている。本当は海外と取引しているのではないだろうか。

――海外との交易であればこそ、日本人の女子供が高値で売れるのではあるまいか……。

遠く戦国の頃には、ポルトガル商人によって日本人は奴隷として海外へ盛んに輸出されていたと聞く。

そのことを知って激怒した豊臣秀吉《とよとみひでよし》によりキリシタンは禁教となり、日本人奴隷が海外へ売られることはなくなった。

もともと内膳にはその頃の日本人奴隷が頭にあり、どうすれば元手をあまりかけずに儲《もう》けることができるか知恵を絞ったのち、こたびのやり方に行き着いたのではあるまいか。

もし海外と交易を行っているならば、それはまさしく抜け荷である。万が一、公儀の知るところになったら、竹坂家は取り潰《つぶ》しを免れない。

内膳が人身売買を主導していることを等左衛門の言から知った斉晴は深夜、内膳の屋敷に乗り込み、人身売買をやめるよう強く命じた。内膳は言い訳も抗いもせず、わかりましてございます、とあっさり承諾した。

その後、内膳の屋敷をあとにした斉晴は明け方近くに城に戻り、本丸御殿の奥御殿で寝ていたが、そこへ目付が乗り込んで斉晴を無理やりに連れ出し、座敷牢に入れたという。

内膳は他の重臣たちと共謀し、斉晴は主君として不適であると家中に書面で宣して、斉晴の押し込めを正当化した。

ただし、聡明《そうめい》な斉晴は座敷牢に閉じ込められたからといって、膝《ひざ》を屈したわけではなかった。口の利けない牢番《ろうばん》の老人と親しくなって文具を用意してもらい、二通の文を書いたのである。

その二通の文は牢番の老人によって、功兵衛の屋敷にもたらされた。

一通は功兵衛宛《あて》で、驚くべきことに、いま自分は内膳に毒殺されかかっている、と書かれていた。この状況を現将軍である父に伝えた上でもう一通の文を渡すように、とも記されていた。

将軍宛の文に、斉晴がどのようなことを書いたかは、功兵衛にはわからない。その文を手にしたとき、中を読んでみたいという衝動に駆られたのは事実である。

だが功兵衛には、他の人宛の文を無断で読むという趣味も習慣もない。将軍宛の文は未読のまま、今も行李《こうり》の底に大事にしまってある。

——しかし、どうすればよい。どうすれば、一介の竹坂家の家臣が、将軍にお目にかかれるのか……。

途方に暮れる思いだが、なんといっても斉晴の命がかかっている。万難を排して、やり遂げなければならない。

——きっとなんとかなろう。

今は気楽に考えることにした。くよくよ思い悩んでも仕方ない。

——必死に頭を働かせれば、必ずこの難題を乗り越えることができるはずだ。

まずは逸る気持ちを落ち着かせることからはじめることにしよう、と功兵衛は思い立った。そうすれば、きっとよい手立てが思いつけるはずだ。

心を鎮めるために、功兵衛にはとっておきの方法がある。

功兵衛は部屋の隅に置いてある行李ににじり寄り、中から刀の手入れをする道具を取り出した。目釘《めくぎ》抜き、丁子油、打粉、拭紙《ぬぐいがみ》などである。

──これらの道具を、故郷を離れることになった際、よくぞ忘れずに行李へ入れたものよ。

自分をほめてやりたくなる。なにしろ刀は、手入れをしなければ必ず錆《さ》びるからだ。それだけ繊細なものなのである。

──錆びた刀は使えぬ。そんな刀で戦う羽目になり、もし命を落とすようなことになっても、それは身から出た錆《さび》でしかない。つまりは自業自得ということだ。

しっかり手入れをしてやることで、逆に愛刀に命を救われることもあるはずだ。

刀は夕刻ほどの明るさの中で手入れするのがよいといわれているが、やれるうちにしっかりやっておくほうがよい、と功兵衛は判断した。

刀架から愛刀を手にして端座し、刀を鞘《さや》から抜いて目釘を取った。柄《つか》から刀身を外し、茎《なかご》を持つ。

拭紙で刀身を丁寧に拭《ふ》き、古い丁子油を取り去る。打粉をぽんぽんと、刀身に軽く打っていく。

拭紙で刀身を挟み込み、打粉をしっかり拭《ぬぐ》い取る。布に丁子油を染み込ませ、刀身に均一になじませるように引いていく。

——よし、これでよかろう。

本来の光沢を取り戻した愛刀を目の当たりにして、功兵衛は満足だった。柄に元通りにおさめた刀を、鞘に入れて刀架に置く。

先ほどより気持ちは穏やかなものになっていた。

——さて、将軍にお目にかかるにはどうすればよいか。

下を向いて目を閉じ、功兵衛はさっそく考えはじめた。

——まず将軍のいらっしゃる千代田《ちよだ》城に行かねば話にならぬ。

だが、城内に入ることすら難しいだろう。将軍のいる本丸にたどり着くまで、いったいいくつの門を通り抜けなければならないか。

門を警備する門衛たちは、功兵衛のような得体の知れない者を、決して通しはしない。

——ならば夜間、千代田城に忍び込むしかないのか……。

だが、それも無理にちがいない。千代田城の要所には、多くの忍びの者が放たれているという噂を聞いたことがある。

おそらく真実ではないだろうか。将軍が暮らしている城は、夜間のほうがむしろ厳重な警戒が施されているはずだ。

——忍び込みの術を身につけているわけでもない俺が、仮に城内に入り込めたとしても、あっという間に忍びの者の網に引っかかり、囲まれてしまうであろう。

やはり竹坂家の江戸上屋敷に赴き、重臣や留守居役《るすいやく》とともに、千代田城の大手門を堂々とくぐるのが最もよい手のような気がする。

——しかし、上屋敷には伊田与五郎《いだよごろう》がいるからな……。

家中の剣術大会において、二回連続で優勝した剣の達人である。

与五郎は、加瀬津をあとにして江戸に向かった功兵衛が、中山道《なかせんどう》や東海道《とうかいどう》ではなく甲州《こうしゅう》街道をやってくるとにらみ、四谷《よつや》の大木戸《おおきど》近くで待ち構えていた男だ。遣い手の上に知恵が働き、抜け目がない。

与五郎とは、四谷の大木戸を過ぎたところで刀を抜いて戦わざるを得なくなった。最初の一撃でいきなり籠手《こて》を見舞い、与五郎を戦えなくした上で、功兵衛はその場を去ったのである。

それが昨日の出来事だ。なんとか難を逃れた功兵衛はその後、布美と知り合い、今ここにいるのである。

——あの与五郎を味方にできたら、この上なく心強いのだが……。

だが、今度また与五郎に会ったときには、逃げられないかもしれない。

昨日と同じしくじりを、与五郎は決して犯さないだろう。功兵衛を捕らえるのではなく、確実に斬り殺すつもりで向かってくるはずだ。

考えてみれば、昨日も抜き打ちに斬りつけてきた。与五郎は有無をいわさず、功兵衛の命を絶とうとしていた。

永見功兵衛を必ずあの世へ送るよう、上屋敷の者は内膳から厳命されているのだろう。上屋敷の者ばかりでなく、いずれ加瀬津からも内膳の刺客たちが続々と江戸へ送り込まれてくるにちがいない。

——内膳の刺客だけなら、なんとでもなろう。まずいのは、伊田が刺客を助勢として襲いかかってきたときだ。

与五郎一人でも相手をするのが難儀だというのに、助勢がいたら、切り刻まれかねない。

——叔父上は俺のほうが伊田よりも強いとおっしゃったが、果たしてどうだろうか。

叔父の水巻五左衛門《みずまきござえもん》は目付を務めていたが、片瀬七右衛門《かたせしちえもん》という男のうらみを買って殺された。

七右衛門は功兵衛が捕らえ、目付頭《めつけがしら》の織尾《おりお》紋之丞《もんのじょう》に引き渡した。七右衛門がその後どうなったか知らないが、おそらく打ち首になったのではあるまいか。

――まさか生きているというようなことは、ないだろうな……。

さすがに、それはないと信じたい。織尾紋之丞は、五左衛門も厚い信頼を寄せていた男である。

――七右衛門が内膳の命で生かされることになり、刺客として江戸へやってくるようなことはなかろう……。

もし七右衛門が目の前にあらわれたら、そのときは容赦せず殺すしかあるまい、と功兵衛は覚悟を定めた。

七右衛門より今は与五郎のことだ。

――俺と与五郎とは、ほぼ互角の腕前だ。

まともに戦ったら、どちらかが死ぬまで、やり合うことになるのは疑えない。

――叔父上のおっしゃる通り俺が勝ったとしても、無傷では済まされまい。相当、深い傷を負うことになろう……。

もしそんなことになれば、将軍に斉晴の文を届けるのに、傷が癒えるまで待たなければならなくなってしまう。斉晴が毒殺されかかっている今、それだけのときは残されていない。

だから、深手を負うようなことは、なんとしても避けなければならない。与五郎と戦わずに済むようにするしか手立てはない。

――つまり、俺は上屋敷には行けぬということか……。

そんなことはない、と功兵衛はすぐに打ち消した。

与五郎は留守居役という、多忙すぎる要職にある。留守居役はほぼ毎日、千代田城に登城し、公儀の要人たちと頻繁に面会しているとも聞く。

夜は夜で、他家の留守居役との折衝に忙しく、馴染《なじ》みの料亭などに通っては、金に糸目をつけることなく飲んだり食べたりしているという話だ。

それゆえ、留守居役は上屋敷を空けているときのほうが多いのだ。

――与五郎が出かけた隙をついて上屋敷に入れば、捕まったり、殺されたりすることはまずなかろう。

だがその前に、と功兵衛は思った。上屋敷に頼りになりそうな人物がいただろうか。

――俺のことを、心から信用してくれる人でなければならぬが……。

国元から江戸へ急使を差し向けた内膳がすでに江戸上屋敷の者たちに、もし氷見功兵衛を公儀の重職に会わせたら竹坂家は取り潰《つぶ》しになる、と知らせてあるのは、はっきりしている。

もし焦って信頼できない者に面会の約束を取りつけたりすれば、必ず捕まることになるだろう。その場に与五郎もいるはずだからだ。

江戸家老は勝部《かつべ》政之介《まさのすけ》といい、徳の厚い人物として知られているが、功兵衛は顔を目にしたことがあるくらいで、話をしたことなど一度もない。

留守居役にも親しい者は一人もいない。

——俺には、上屋敷に知り合いはおらぬのか……。

そんなことはないはずだと思うが、心当たりは一人も浮かんでこない。

——もともと友垣はあまりおらぬとはいえ、情けないものだ……。

二十六年も生きてきて、江戸の上屋敷に頼れる者が一人もいないのだ。

もっと若い頃は、剣の道を極めれば普請方《ふしんかた》の同心《どうしん》から出世できるのではないか、と考えたこともあったが、父から、剣の腕は人に伏せておくように、といわれ、その後は出世などどうでもよくなった。

普請方の同心として、一生つつがなく勤め上げる気でいた。

そのために、功兵衛は人脈づくりに勤しんでこなかった。その付けが、いま回ってきたのである。

——しかし仕方あるまい。国元の普請方の同心が、どうやれば定府《じょうふ》の者とつながりを持てるというのだ。

だが、それはただの言い訳に過ぎないことを、功兵衛はわかっている。国元の普請方の同心であろうと、定府の者とつながりを持とうと強い決意をした者は、必ずやり遂げているはずだからだ。

二

いつの間にか、部屋の中が明るくなっていることに功兵衛は気づいた。腰高障子越しに日が射し込んできている。

——いま何刻《なんどき》だろうか。

おそらく明け六つを少し過ぎた頃だろう。江戸に限らず、たいていの者は起き出している刻限である。

糸吉はまだ眠っている。いびきが少し大きくなっていた。

――相変わらずよく寝るな。それだけ疲れが溜《た》まっていたのだろうが……。

糸吉の寝顔を見守っているうちに、功兵衛は尿意を催した。昨晩、寝る前に用を足したから厠《かわや》の場所は知っている。

行李《こうり》の中から手ぬぐいと房楊枝《ふさようじ》を取り出した。立ち上がり、念のために愛刀を腰に差した。障子を開け、部屋をあとにする。

日がまったく射し込まない暗い廊下に出たが、夜目が利くおかげでなんの支障もない。

右側に進むと階段があり、それを使って一階に下りる。

家の中になにやら甘酸っぱい匂いがしていることに気づき、功兵衛は鼻をうごめかした。

この匂いは昨日も嗅《か》いだが、布美によると、顔料のものとのことだ。この広い家は読売を稼業としており、顔料の匂いが建物に染みついているのはそのためであろう。

聞心屋《ぶんしんや》という屋号であることも、そのときに布美から聞いた。

聞心というのはどういう意味だろう、と功兵衛は足を進ませつつ改めて考えた。

これまで一度も聞いたことがない言葉である。意図もなく屋号をつけるはずがないから、なにか意味があるのはまちがいない。

――心で聞く、か……。

取材などの際、この家の者はそういう気持ちを最も大事にしているのかもしれない。

一階は静かではあるが、包丁の音らしい物音がしている。

――布美どのが、朝餉《あさげ》の支度をしているのかもしれぬ……。

そんなことを考えたら、急に耐え難いほどの空腹を覚えた。

――今は厠が先だ。

功兵衛は廊下を進んで家の北側に回った。誰にも出会うことなく、厠の前に着いた。

厠は男女別になっている。男用の厠の戸を開けると、小便くささが鼻をついた。

便器が備えつけられているわけではなく、正面に横が二間、高さが半丈くらいの壁がしつらえられていた。壁の下には、小さな水路がつくられている。

壁は漆喰《しっくい》に小石を混ぜてかためてあるようだが、それに向かって小便をするようになっているのだ。一度に何人もの男が、並んで放尿できるようにしてあるのではないか。

——この家では、それだけの人数の男が働いているのだな。

昨日、この家に上がったときに布美から聞心屋で働く奉公人を紹介されたが、その場にいたのは男女合わせて四人でしかなかった。男が三人に女が一人である。

——この家に住み込んでいるのではなく、通いで来ている者もいるにちがいない。

大便用には、扉つきの三つのこぢんまりとした部屋が用意されていた。

横の板壁に刀を立てかけ、功兵衛は気持ちよく小用を足した。

刀を再び手にし、戸を開けて外に出ようとしたが、ふと、戸の向こう側に誰かいることに気づいた。

この家の者であろう、と功兵衛は思った。戸の向こう側の気配は、剣呑《けんのん》な気を発しているわけではなかった。

その者とかち合いたくなく功兵衛は、うおっほん、と大きな咳払《せきばら》いをし、そろそろと戸を開けた。

すると、いきなり酒くささに包み込まれた。

——なんだ、これは。

まさかこんな不意打ちを食らうとは思っておらず、功兵衛はまごついた。明らかに安酒のにおいである。

目の前に、柳のようにほっそりした男が立っていた。功兵衛を見て、おっ、としわがれ声を出し、強い眼差《まなざ》しを注いできた。

あまり顔色がよいとはいえない男だ。いや、はっきりいって肌の色はひどく悪い。おそらく酒の飲み過ぎで、肝の臓をやられているのではあるまいか。

その上、どうしてなのか、暑さにやられた犬のように息遣いが荒い。男が息をつくたびに、顔をしかめたくなるような酒くささが吐き出される。

まるで、ついさっきまで飲み屋で飲んだくれていたかのようだ。

いや、実際にそうなのではないか。でなければ、ここまで酒がにおうはずがない。

「失礼する」

男をよけて功兵衛は廁を出た。功兵衛を目で追って、男がまじまじと見つめてくる。

功兵衛はその場で立ち止まり、控えめに男を見返した。

昨日、布美から紹介された男たちの一人ではない。

「お侍はどちらさんですかい」

目を鋭くした男が低い声で誰何《すいか》する。またしても、安酒のにおいを吹きかけられ、功兵衛は顔を歪《ゆが》めそうになった。

男は、三十前後ではないだろうか。若い女に騒がれそうな男前である。

「それがしは永見功兵衛という」

鼻をつまみたいほどだったが、功兵衛はそれを我慢して名乗った。

「その永見さんが、こんな朝っぱらからどうしてここにいるんですかい」

いかにも不審そうに男がきいた。酒のにおいが耐え難いほどに広がっていく。

「布美どのの招きを受け、昨夜こちらに泊まらせてもらったのだ」

「布美に招かれた……」

布美どのを呼び捨てにしたな、と功兵衛は思った。まだ若い娘の身ながら布美は、聞心屋を創業した父親の跡を継いでいる。父親はすでに亡く、今は布美がこの家のあるじとのことだ。

その布美を呼び捨てにできる男とは、いったい何者なのか。布美と、どのような関係なのだろう。

——兄と妹だろうか。だが、それなら、この男こそが聞心屋の跡を継いでいたはずだ。それとも、布美の幼馴染《おさななじ》みかなにかで、昔からよほど親しく付き合ってきたのか……。

「ところで、おぬしは誰なのかな」

功兵衛はやんわりとたずねた。

「俺は邦市《くにいち》という」

男はぶっきらぼうな答え方をした。

「布美の許嫁《いいなずけ》だ」

声を高くして邦市がいい、ぐいっ、と胸を張った。その途端、激しく咳《せ》き込み、背中を丸めた。

「大丈夫か」

功兵衛は背をさすってやろうとしたが、それを拒むように邦市が背筋をさっと伸ばした。

「だ、大丈夫だ。このくらい、よくあることに過ぎねえ」

強がりではないのか、と思ったが、功兵衛は黙っていた。

——それにしても、布美どのにこのような許嫁がいたとは……。

だからといって、功兵衛が落胆するようなことはない。

布美はかわいい顔立ちをしており、性格も朗らかで、心優しい女性であるのは疑いようがないが、惚《ほ》れているわけではない。

ふと功兵衛の脳裏を、一人の女性の顔がよぎっていった。

——弥生《やよい》どの……。

内膳の一人娘である。

——息災にしているだろうか。

最後に会ったのは、弥生が功兵衛の屋敷を訪ねてきたときだ。

あのときは心の底から驚いたが、客座敷で面会した功兵衛は、人身売買をやめて斉晴を座敷牢《ざしきろう》から解き放つよう内膳を説得してください、という意味のことを弥生に告げた。

弥生は、必ずそうします、と答えて功兵衛の屋敷を去っていった。その返事を聞かないうちに功兵衛は加瀬津を出奔し、江戸を目指すことになった。

功兵衛が江戸に向かって足を進ませている最中、斉晴が座敷牢から解き放たれたとは思えないし、内膳は功兵衛を討つようにと、上屋敷に急使を飛ばしてもいる。

——弥生どののことだ、内膳の説得を試みたにちがいない。だが、内膳はそれに応じなかったのだな……。

それが最も考えやすい。

「永見さん、どうかしたのかい」

邦市にきかれ、功兵衛は我に返った。

「いや、なんでもない」

「永見さん、じき朝餉《あさげ》だ。一緒に飯を食いながら、もっと話をしようじゃねえか」

「うむ、承知した」

「おっと、急がねえと漏れちまう」

股間《こかん》を押さえるようにして邦市が厠《かわや》に入っていく。

——やはり故郷とは人がだいぶ異なるな。

参勤交代で江戸にやってきたときにも感じたことだが、江戸の者は武家を敬おうとする気持ちがほとんどない。

——そのほうが、今の俺には気楽でありがたいのだが……。

功兵衛は、狭い庭に面した手水場《ちょうずば》で指先まで丁寧に洗い、衣紋掛にかけてある手ぬぐいで手を拭《ふ》いた。

顔も洗って、持ってきた手ぬぐいで顔を拭いた。さらに、房楊枝《ふさようじ》で歯を磨いた。

「ふう、すっきりした」

独りごつように功兵衛はいい、厠を振り返って見た。邦市はまだ厠にいる。

——小便にしてはずいぶん長いな……。

精神を統一して、功兵衛は厠の中の気配を探ってみた。

別におかしな気が漂っているわけではない。

――ふむ、もしかすると、吐いているのかもしれぬな。もし二日酔いなら、腹の中の物を戻してしまうほうが楽になろう。

邦市のことは気にかかったが、功兵衛は二階に上がり、部屋に戻った。

糸吉がすでに起き出しており、褌《ふんどし》一枚になっていた。

裸でなにをしているのだ、と訝《いぶか》ったが、すぐに着替えをしていることを功兵衛は覚《さと》った。

「あっ、殿、おはようございます」

褌一枚の恰好《かっこう》で糸吉が挨拶《あいさつ》する。

「うむ、おはよう」

功兵衛は笑みを浮かべて挨拶を返した。

「殿、お腹が空きませんか」

小袖《こそで》に腕を通しながら糸吉が問う。

「ああ、空いたな。だが、その前におまえは顔を洗い、歯を磨いてこなければならぬぞ」

「ええ、よくわかっておりますよ。その二つをしないと、気持ち悪くてなりませんから」

　着替えを終えた糸吉が、二つの布団をたたみはじめた。

「気持ち悪い、か。まさか糸吉の口から、そのような言葉を聞けるようになるとは……」

　糸吉は特に歯磨きが不まじめで、しっかりやれるようになるまで、功兵衛は相当の根気を要したのだ。

「手前も成長したということでございましょうねえ」

　そうなのであろうな、と功兵衛は思い、刀を刀架に置き、手ぬぐいを衣紋掛に干した。行李《こうり》のそばに座し、房楊枝を手ぬぐいでしっかり拭いてから、行李にしまい込んだ。

　功兵衛に、布美の家に長居する気はない。長くいれば、功兵衛の居場所を突き止めて刺客が必ず押し込んでくるはずだ。

　そんなことになれば、布美たちに迷惑をかけることになる。下手をすれば、乱闘に巻き込んで、布美たちに怪我人や死者が出ないとも限らない。

「糸吉、厠には行かずともよいのか」

「今から行こうと思っています」

糸吉がうなずいたとき、階段を上がってくる軽やかな足音が聞こえた。

「あっ、あれは布美さんですかね」

布団をたたみ、隅に寄せた糸吉がうれしそうにいった。

「うむ、まちがいあるまい」

あの軽快な足の運び方は布美以外、考えられない。

人影が障子に映り込み、それと同時に足音が聞こえなくなった。おはようございます、という布美の声が耳に届く。

「おはよう」

功兵衛が応じると、開けても構いませんか、と布美がきいた。功兵衛は、もちろんだ、と答えた。

するすると障子が横に動き、廊下に端座している布美が笑顔をのぞかせた。

「永見さん、糸吉さん、よく眠れましたか」

きらきらとよく光る瞳《ひとみ》で、布美が功兵衛をまっすぐ見る。

「ああ、とてもよく眠れた。昨晩は泊まらせてもらい、まことにかたじけなかった。本当に助かった」

「手前も殿と同じで、よく眠れました」

布美をまぶしげに見て糸吉がいった。

「それはよかった。お二人に来てもらった甲斐《かい》があったというものです。朝餉がで きたので、下に来てくださいますか」

泊まらせてもらえただけでなく、朝餉まで食べさせてもらえるなど、功兵衛はありがたくてならなかった。

「布美どの、まことに馳走になってよいのか」

武家の嗜《たしな》みとして一応、功兵衛は確かめた。

「もちろんです。遠慮など無用ですから」

やや強い口調で布美がいった。

「承知した。では、馳走になろう」

功兵衛は破顔し、立ち上がった。

「この糸吉ともどもすぐにまいるつもりだが、どこへ行けばよいのかな」

「昨日、奉公人を紹介した部屋に来てください」

「承知した」

「では、お待ちしています」

一礼して布美が障子を閉じた。

「糸吉、すぐ支度しろ」

わかりました、といって糸吉が自分の手ぬぐいと房楊枝を持った。

「よし、まいるか」

功兵衛は糸吉とともに部屋を出、廊下を進んで階段を下りた。

「糸吉、厠がどこかわかるな」

階段の下り口で立ち止まって、功兵衛はたずねた。

「へい、わかります」

糸吉が元気よく答えた。

「昨日、布美どのが奉公人たちを紹介してくれた部屋もわかるな」

「もちろんでございます」

「ならば糸吉、しっかり歯磨きをしてくるのだぞ」

「よくわかっております」

功兵衛は糸吉と別れ、目当ての部屋へと向かった。

昨日、布美が奉公人たちを紹介した部屋は、そこだけ腰高障子が閉《た》ててあり、よい目印になっている。

腰高障子の前に立った功兵衛は、失礼する、と中に声をかけた。

た。


「どうぞ、お入りください」

布美の明るい声が返ってきた。功兵衛は腰高障子を横に滑らせ、敷居をまたいだ。台所に最も近い場所に布美が端座していた。横に櫃《ひつ》が置かれている。

昨日、紹介された四人の奉公人が膳《ぜん》を前にして座っており、笑顔で功兵衛を迎えた。

ただし、先ほど会ったばかりの邦市はそこにいなかった。

まさか、と功兵衛は思った。

――まだ厠《かわや》で吐いているわけではあるまいな……。

いや、その可能性は十分にある。

――もしや厠で倒れているようなことはないのか。

もしそんなことになっているのだったら、糸吉が知らせに来るはずだが、今のところ、そういうことにはなっていない。

「永見さん、そちらにどうぞ」

布美が指さした場所に、かたじけない、といって功兵衛は座した。

眼前に膳が置かれている。納豆に梅干し、たくあんがのった三つの皿がのっていた。そのほかには、わかめの味噌汁《みそしる》の椀《わん》がある。

飯が見当たらないが、これから布美が櫃から茶碗《ちゃわん》に盛ってくれるようだ。

向かいに置いてある膳は糸吉のものだろう。

「糸吉は、いま厠に行っている。おっつけやってこよう」

「わかりました」

布美が笑みを浮かべてうなずいた。

「永見さん、食事は糸吉さんがいらしてからで、よろしいですか」

「ああ、それでよい。皆は仕事があるだろうから、もちろん先に食べはじめてほしい」

「わかりました。では、遠慮なくいただくことにいたします」

布美が宣するようにいうと、四人の奉公人がいただきます、といって一斉に箸《はし》を取り、朝餉《あさげ》を食しはじめた。四人の膳には、ほかほかの飯が盛られた飯茶碗が布美の手で次々に置かれていく。

ただし、布美だけは箸を手にしなかった。

「布美どのは食べぬのか」

「せっかくなので、永見さんとご一緒したいと思っています」

布美どのがそういうのならそれでよい、と功兵衛は思った。布美と一緒に食事をするほうが楽しいし、糸吉も喜ぶだろう。

「食事は布美どのがつくっているのか」

「さようです」

「あるじ自ら食事をつくっているようなところは、ほかにはなかなかないのではないか」

「そうかもしれませんが、私は包丁が得手なのでなにも苦になりません。むしろ、いつも楽しいと思いながら食事をこしらえています」

「それは素晴らしいな。実をいえば、俺も国元にいるときは、自分でつくっていたが……」

えっ、と布美が瞠目《どうもく》した。奉公人たちも功兵衛に目を向けてくる。

「御内儀《おかみ》が腕をふるっておられるのではありませんか」

「いや、妻は亡くなったのだ……」

「ああ、済みません。申し訳ないことをききました」

「いや、布美どのが謝るようなことではない」

妻の祥恵《よしえ》があの世に行ってからもう二年以上が経過したが、功兵衛にはいまだにその実感がない。

それまでずっと元気だった祥恵がある朝、寝床で冷たくなっていたのだ。日が昇るまで祥恵が眠っていることなど、一緒になって以来、一度もなかった。

体の具合でも悪いのか、と問うつもりで祥恵の肩に触れてみたが、功兵衛はその瞬間、うっ、とうめき声を上げた。

祥恵の体はまるで石と化したようにかたく冷たかったのだ。

祥恵、と呼びかけてあわてて顔をのぞき込んだが、すでに息はなかった。

「料理が上手で、俺はいつも朝が来るのを楽しみにしていたのだが……」

「いい御内儀だったのですね。お子は」

「いや、おらぬ。できなかった……」

子ができる前に祥恵は死んでしまったのだ。

「さようでしたか……」

そこで会話が途切れたが、布美が意を決したような顔つきになり、口を開いた。

「永見さんは、なぜ江戸に出てきたのですか」

おそらく功兵衛と知り合ったとき、すでに布美はそのことについて疑問に思っていたのだろう。

旅姿をしているが、二本差でれっきとした家中の士としか思えないのに、上屋敷ではなく旅籠《はたご》に泊まろうとしていたのだ。なにかわけありではないか、と考えるのは至極当然なことである。

「どこから来たかはいえぬが、殿から命じられた役目を果たすために、江戸へやってきた。布美どのもすでに察していると思うが、わけあって俺は上屋敷に行くことはできぬ」

「さようですか」

布美の顔には危惧《きぐ》の色が浮かんでいる。

「永見さん、なにか困っているのでしたら、遠慮なくいってください。私たちで力になれることがあれば、なんでもしますので」

「それはありがたい」

功兵衛は会釈気味に低頭した。

「布美どのたちの力を借りたいと思ったら、必ず申し出ることにしよう」

だが、功兵衛に布美たちに迷惑をかける気はない。布美たちに力を貸してもらう事態には、まず至ることはないだろう。

三

話題を変えるように功兵衛は、ところで、と布美に語りかけた。

「聞心屋という屋号だが――」

はい、と布美がにこやかに応じる。

「聞心という言葉には、どのような意味があるのかな」

「聞心とは私のおとっつぁんの造語ですが、元は新聞という言葉から来ています」

「新聞からの造語とな。正直、新聞という言葉も初耳だが……」

「新しく聞いた話とか、新しい風聞とか、新しい話の種とか、そのような意味を持つ言葉です」

なるほど、と功兵衛は相槌《あいづち》を打った。

「それは、読売を家業とする者としては恰好《かっこう》の言葉といえような。しかし、父上は新聞屋とは名づけなかったのだな」

はい、と布美が深いうなずきを見せた。

「そのまま新聞という言葉を使ってしまうと、うちが読売屋であることが御上にばれかねませんから」

読売は公儀にかたく禁じられている。法度に触れるために、読売を売りさばく者たちは編笠《あみがさ》をかぶり、顔を知られないようにしていると聞く。

「それでおとっつぁんは、読売屋を創業するに当たり、聞心という言葉をひねり出したのです」

「聞心とは、単に新聞という言葉をひっくり返したものではないようだな。もちろん新聞という意味を持たせてあるのだろうが、新という字の代わりに心という字を当てたのは、読売の種を得るために人に話を聞く際、心で聞く、という意味も併せて持たせたのではないかな」

「おっしゃる通りです」

我が意を得たりというように布美が首を大きく縦に振った。

「思いやりや情の心をもって人から話を聞くことこそ、おとっつぁんが一番に考えていたことです」

そのような人物なら是非とも会いたかったな、と功兵衛は思った。すでに鬼籍に入ってしまっていることが、とても惜しいものに感じられた。

「読売という商売は——」

穏やかな口調で功兵衛はいった。

「実にやり甲斐《がい》がありそうだな」

「はい、とても」

弾むような笑顔で布美が答えた。

「それまで誰も知らなかったことを伝えることで、人に喜んでもらえるのが気持ちの張りにつながりますし、とにかく仕事は楽しくてなりません」

「昨日、布美どのは岡っ引に追いかけられていたが、ああいうのも楽しいのか」

いえ、と少し渋い表情で布美がかぶりを振った。

「さすがに昨日はまずかったように思います。もし永見さんの助けがなければ、捕まっていたかも……」

そこまで危うかったのか、と功兵衛は思った。そんな風には見えなかったが、逃げながら布美は焦りを覚えていたのかもしれない。

「捕まるとどうなる」

功兵衛は新たな質問を投げた。

「当然、番所に連れていかれます。その後は裁きになり、おそらく軽敲《かるたた》きの刑が言い渡されましょう」

「軽敲きか。それは辛《つら》かろう。重敲きになるよりも、ずっとましであろうが……」

重敲きは八代将軍吉宗《よしむね》の頃にはじまり、罪人は肩や背中、尻《しり》を鞭《むち》で百回打つ刑罰である。

でも、と布美がいった。

「敲きの刑に処されるのは男の人だけです。女は過怠牢《かたいろう》になります」

過怠牢か、と功兵衛は思った。敲きの代わりに牢屋に入ることだ。

「牢には何日くらい入ることになる」

「最高で百日です」

布美がさらりと答えた。

「百日もか……」

功兵衛は絶句しかけた。

「敲きに劣らず、きつい刑罰だな」

功兵衛を見つめて布美が微笑する。

「まだ御上に捕まったことがないので詳しいことはわかりませんが、初めて罪を犯した者なら、まず百日もの入牢にはなりません。おそらく三十日くらいで済むのではないでしょうか」

「それでも、一月も牢屋に入っていることになるのか……」

「実は、その上に罰金も課されます」

ことともなげに布美がいった。

「その罰金はいくらくらいだ」

「多分、十両はくだらないでしょう」

ええっ、と功兵衛は大きな声を出しそうになった。

「それは、また大金だな」

それだけの金を、功兵衛はこれまで目にしたことがない。

「もしまた捕まったら、今度は六十日の過怠牢になるでしょう。罰金も引き上げられます。二十両以上になるものと思われます……」

「倍になるというのか。ならば、昨日は捕まらずに済んで本当によかった」

「はい、永見さんのおかげです。ありがとうございました」

はきはきといって布美が頭を下げる。

「いや、礼を言われるほどのことではない」

身じろぎし、功兵衛は姿勢を改めた。

「もし捕まれば過怠牢に処され、十両もの罰金を払わなければならなくなる。布美どのは楽しくてならぬ、といったが、読売という商売は割に合うものなのか」

「正直、割に合いません」

布美があっさりというと、四人の奉公人が揃《そろ》って苦笑した。

「しかし、江戸の人たちに真実を伝えなければなりません。それがなによりも大事だと思っています。ですから我が身に危険が降りかかろうとも、読売をやめるつもりは一切ありません」

瞳《ひとみ》を輝かせて布美が断言した。

「それは素晴らしい覚悟だ。近頃では、そのような覚悟を持つ武家は滅多におらぬ。俺たちは布美どのを見習わなければならぬ」

「いえ、そんな大袈裟《おおげさ》な……」

ふふ、と布美が笑ったとき、いきなり功兵衛の腹の虫が鳴った。

「こ、これは失礼した」

赤面しつつ功兵衛は謝った。厠《かわや》のほうを見やる。

「それにしても糸吉のやつ、ずいぶん遅いな」

照れ隠しに功兵衛はいった。

――いや、本当に遅いぞ。いったいなにをしているのだろう……。

功兵衛が心中で首をひねった瞬間、うわあ、と悲鳴のような声が響いてきた。あれは糸吉の声である。

なにがあったというのだ、と功兵衛は素早く立ち上がった。腰高障子をからりと開け、廊下に出る。

糸吉は気が小さそうに見えて、実のところ、肝はけっこう据わっている。あんな声を出すことは滅多にない。

糸吉の声は厠のほうから聞こえた。功兵衛は廊下を走るように急いだ。後ろに布美が続いたのが気配から知れた。

「糸吉っ」

呼びかけると、殿、と糸吉が返してきた。糸吉は手水場《ちょうずば》のところに突っ立っていた。

「無事か」

手水場に着いた功兵衛は糸吉に確かめた。

「は、はい、手前にはなにもございません」

ただし、糸吉は呆然《ぼうぜん》と立ちすくんでいるように見えた。

「なにがあった。なにゆえあのような声を上げたのだ」

糸吉に顔を近づけて功兵衛はきいた。

「あの、そちらで血を流して人が倒れているからでございます」

糸吉が指さすほうに功兵衛は目をやった。丈の低い植栽の陰に、人が仰向けに横たわっていた。

なんと、と功兵衛は驚いたが、俺がここで顔を洗ったときにはそこには誰もいなかったな、と冷静に思い返した。

「いったい誰が倒れている……」

そのときすでに功兵衛には予感があった。沓脱石《くつぬぎいし》に置いてある雪駄《せった》を履き、功兵衛は庭に下りた。植栽を回り込んで、男の顔をじっと見る。

「やはり……」

功兵衛の口から、つぶやきが漏れた。

「えっ、殿のお知り合いなのですか」

糸吉にきかれて、うむ、と功兵衛は顎《あご》を引いた。

「先ほど知り合ったばかりだが……」

「では、聞心屋さんのお方でございますね。名をご存じですか」

「邦市どのだ」

功兵衛が口にした途端、ええっ、と背後で布美が驚きの声を発した。

功兵衛が振り返ると、目をみはって邦市を見つめていた。

「邦市さんがどうして……。まさか死んでいるのではないですよね」

「まだ確かめてはおらぬが……」

功兵衛には、邦市が息をしていないように見えた。布美が庭に飛び下り、邦市に近づく。

「邦市さん……」

信じられないという顔で布美がいった。功兵衛は目を凝らして、邦市をなおも見た。

吐血でもしたのか、口元がおびただしい血で汚れていた。両目はかたく閉じられ、顔は苦悶《くもん》に歪《ゆが》んでいるように見えた。

功兵衛は腕を伸ばし、邦市の口に手のひらを当てた。息は感じられない。いや、そうではない。かすかながらも呼吸をしていた。

「まだ生きているぞ」

張り切った声で功兵衛は布美に告げた。

「医者を呼んでくれ」

その場に立ち尽くしていた布美が、はい、といって体をさっと翻し、勢いよく廊下に上がった。

廊下を走り出した布美から目を離し、功兵衛はまた邦市に眼差《まなざ》しを注いだ。むっ、とうなり声のようなものが口をついて出る。

――邦市どのは、どうやら吐血をしたわけではなさそうだな……。

邦市の腹に傷らしいものがあることに、功兵衛は気づいたのだ。

紛れもなく刃物による傷である。傷の大きさからして、邦市は匕首《あいくち》でやられたのではないだろうか。

「邦市どのは、何者かに刺されたのだな」

功兵衛がいうと、糸吉が、ひっ、と喉《のど》を鳴らした。

「なぜそんなことに……」

「今のところ、まったくわからぬ」

唇を嚙《か》み締めて功兵衛は首を横に振った。次の瞬間、雪駄を脱ぐや廊下に上がり、駆け出していた。

「殿、どちらへ行かれるんですか」

糸吉の声が背中にかかる。振り返ることなく功兵衛は糸吉に告げた。

「布美どのを追いかけなければならぬ。糸吉は邦市どのを見ていてくれ」

聞心屋の外に出て半町も行かないところで、功兵衛は布美に追いついた。四人の奉公人が布美の供についている。

「布美どの」

大声で呼びかけると、驚いたように布美が足を止め、振り向いた。

「本道の医者では駄目だ。外科の医者を連れてきてくれ」

「なにゆえです。邦市さんは血を吐いたのではないのですか」

「実はそうではないことがわかったのだ。邦市どのは腹を刺されており、そこからの出血がひどい」

「ええっ、刺された」

布美が叫び、頰を引きつらせた。

「布美どの、それゆえ一刻も早く外科の医者を連れてきてくれ」

「承知しました」

だがすぐには走り出さず、布美は目を閉じてなにか考えはじめた。目を開けるや、四人の奉公人のうち三人に向かって、それぞれが赴くべき医者とおぼしき者の名を上げた。

「わかりました」

三人の奉公人が声を揃えて答え、三方に散っていった。

「田之助《たのすけ》、あなたは私と一緒に来なさい」

「わかりました」

布美は功兵衛を見つめてから一つうなずきを見せ、そののちまっすぐ道を走り出した。田之助と呼ばれた奉公人が、あわてついていく。

そこまで見届けた功兵衛は踵《きびす》を返した。

――とにかく、医者が来る前に邦市どのの血止めをしなければならぬな……。

止血ができなければ、邦市はまず死を免れまい。人というのは血を大量に失うと、生きていられないのだ。そのことは以前、加瀬津の町医者から聞いた。

功兵衛は無人となった聞心屋に入った。静寂が包み込む暗い廊下を走り抜け、糸吉のところに戻った。

「邦市どのに変わりはないか」

「はい、気を失ったままです」

わかった、といって功兵衛は衣紋掛にかかっている手ぬぐいを手に取った。再び雪駄を履いて庭に下り、邦市に近寄った。

かがみ込んで邦市の着物をはだけ、腹にできた傷口を見つめる。今も出血は続いている。

功兵衛は、丸めた手ぬぐいを傷口に押し込んだ。痛みが走ったか、気を失っているにもかかわらず邦市の顔がわずかに歪んだ。

——これも生きている証《あかし》だ。死んでしまっては、痛みも感じぬ。

これで血が止まってくれるだろうか、と功兵衛は思った。いったん手ぬぐいを取り、傷口を見る。

血は止まっていなかった。押し込む時間が足りなかったかもしれず、功兵衛はまた手ぬぐいを傷口に、ぐいっと入れた。

——ほかに血止めの手立てはなかっただろうか……。

そういえば、と功兵衛は即座に思い出した。

「糸吉、そのあたりで血止草《ちどめぐさ》を探してくれ」

功兵衛は、自身の背後に広がる庭を手で指し示した。

「承知いたしました」

裸足《はだし》で庭に下り、糸吉が地面に目を走らせはじめた。

その名の通り、血止草とは止血する働きがあるといわれている。葉は半寸ほどの径を持つ円形で、茎は地を這《は》うように伸びている。

　血止草は家のそばなら、たいていどこにでも生えており、子供の頃、生傷が絶えなかった功兵衛は、数え切れないほど世話になったものだ。むろん、ともに育った糸吉も同様である。

「ああ、ありました」

　糸吉が弾んだ声を上げた。

「よし、葉っぱをくれ」

　すぐに糸吉が何枚かの葉を持ってきた。それを手にした功兵衛は傷口から手ぬぐいを外し、代わりにすべての葉を押し当てた。

　――効いてくれればよいが……。

「殿、血止草はもっと要りますか」

「できるだけたくさん持ってきてくれ」

　はい、と答えて糸吉がまた血止草を探しはじめた。造作もなく見つかったようで、今度は十枚ばかりの葉を持ってきた。

　それを受け取った功兵衛はすべての葉を右手で握り込み、一気に押し潰《つぶ》した。出てきた汁を傷口に垂らしていく。

「糸吉、血止草はまだあるか」

「探せば、あると存じます」

「よし、あるだけ頼む」

「承知いたしました」

糸吉に血止草を取ってこさせては傷口に汁を垂らすということを、功兵衛は何度も繰り返した。

やがて、傷口に蓋《ふた》ができたように血が止まった。少なくとも、功兵衛にはそう見えた。

――まちがいなく止まっているだろうか。

傷口を凝視して功兵衛は確認した。

――うむ、止まっている。

よかった、と功兵衛は胸をなでおろした。さすがに血止草はよく効く、と実感する。

「殿、血止草はもうどこにも見当たりません」

糸吉が残念そうにいった。

「もう十分だ。これ以上は要らぬ」

えっ、と糸吉が表情を輝かせた。

「では、血が止まりましたか」

糸吉にきかれ、功兵衛はもう一度、傷口に目を当てた。

「うむ、しっかり止まっている」

「それはよかった……」

糸吉は心の底からうれしそうだ。

「糸吉、よく働いてくれた」

「いえ、人として当たり前のことをしたまでで……。殿、これで邦市さんは助かりますか」

「どうかな」

眉根《まゆね》を寄せて功兵衛は首を傾げた。

「正直、俺にはわからぬ。あとは医者に任せるしかない」

「助かるかどうかは、やってくる医者の腕次第というところでございますか」

「そうなるであろうな」

いかにも顔が広そうな布美なら名医を知っているだろうが、その手の医者はたいてい多忙で、医療所を不在にしていることが多い。

布美でなくとも、聞心屋の奉公人がもし藪医者《やぶいしゃ》を連れてきたら、まちがいなく邦市は死に至るだろう。

——名医が来るか、それとも藪医者が来るか、邦市という男が持つ運によるだろう。もし名医が来たら、天が生きろ、と邦市どのにいっているということだ。

庭に横にしたままでは医者が手当しにくいことに気づき、功兵衛は糸吉に手伝わせて、邦市の体を廊下に上げた。

二人の手にかかると、まるで稲穂の如く邦市の体は軽かった。

「殿、この邦市さんという人は、ずいぶん痩《や》せているんですねえ」

功兵衛に続いて廊下に上がった糸吉が、びっくりしたようにいった。

「酒の飲み過ぎで、ろくに食事をとっておらぬのだろう」

酒好きというのは、宴席などでも食事に箸《はし》をつけず、酒ばかり飲んでいることがほとんどである。

——あのような飲み方をすれば、体によいはずがない。病に冒されてしまうのも無理はなかろう。

不意に糸吉が鼻をくんくんさせた。

「いわれてみれば、酒がにおいますすねえ」

血と酒が入り混じったようなにおいが、あたりに漂っている。

邦市の顔色はひどく悪く、土気色をしているが、今はこんこんと安らかに眠っているように見えた。

「しかし邦市さんは、誰に刺されたのでしょうか」

「さあ、それもわからぬな……」

功兵衛には、ほかに答えようがなかった。

「邦市どのがどんな人物なのか、俺たちはまるで知らぬ。読売屋は、人を話の種とするだけに、もともとうらみを買いやすいのかもしれぬ。読売屋でなくても、邦市どのを殺したいほど憎んでいる者がこの世にいても、なんら不思議はない」

そうかもしれませんね、と糸吉が同意する。

「人というのは、どこでうらみを買っているか、知れたものじゃありませんからねえ」

「その通りだ」

殿、と糸吉が呼ぶ。

「邦市さんを刺した下手人は、どうやってこの家に入り込んだのでしょう」

「あの塀を越えてきたのかもしれぬ」

狭い庭の向こう側に立つ塀を、功兵衛は指さした。

塀は半丈ほどの高さしかなく、たやすく乗り越えられるのではないか。

「あるいはそうではなく、端《はな》からこの家の中にひそんでいたのかもしれぬが……」

「えっ、では、下手人は庭にひそんで邦市さんを待ち構えていたのですか。そいつは怖いですねえ」

糸吉が、ぶるりと身を震わせた。果たして本当にそんな者が庭にいたのだろうか、と功兵衛は思案した。

邦市と話をかわしたあと手水場《ちょうずば》で手を洗い、歯を磨いたとき、功兵衛は庭に身を隠している者の気配などまったく感じなかった。

下手人は端から庭にひそんではいなかったのではないか、と功兵衛は思った。

――朝まで飲み屋でのんだくれていた邦市どのの後をつけ、人目を避けてあの塀を乗り越えて庭に忍び込み、邦市どのが厠《かわや》に来るのを待った。それが最も考えやすいか……。

「殿、邦市さんを刺した凶器はなんですか」

功兵衛を見つめて糸吉がさらに問う。

「匕首《あいくち》や短刀の類《たぐい》で、まちがいない。だがそれらは、どこにも見当たらぬ。下手人が持ち去ったのであろう」

一応、植栽の陰などを探してみたが、やはり凶器らしき物は見つからなかった。

とにかく、と功兵衛はいった。

「邦市どのが目を覚ましさえすれば、なにが起きたか、はっきりしよう」

そのとき、戸口のほうから物音が響いてきた。こちらです、と切迫したような布美の声も聞こえた。

「ああ、お医者が見えたようですね」

安堵《あんど》したように糸吉がいった。功兵衛は、布美の声のしたほうに目を投げた。

四

廊下を足早に進んでくる布美の背後に、一人の老人の顔が見えた。どうやら田之助という奉公人が背負っているようだ。

果たしてあの老人は名医なのか、と功兵衛は思った。

――布美どのが藪医者を連れてくるわけがないな……。

布美たちが、廊下に横たわる邦市の近くまでやってきた。田之助の背中から下りた老人が、十徳をひらりと翻して廊下に立った。その身ごなしが歳に似合わず華麗で、ずいぶん粋な感じがした。

——なにやら剣客のにおいがするな……。

この医者は剣術を学んでいたのではないか。今も稽古《けいこ》を続けているのかもしれない。老人の割に背がすっきり伸びており、遣い手の雰囲気を身にまとっていた。

「永見さん、こちらはお医者の庵勇《あんゆう》先生です」

布美にいわれた功兵衛は庵勇に名乗った。

「うむ、よろしくな」

功兵衛を見て庵勇が、おや、とつぶやいた。

「先生、どうかしましたか」

布美にきかれ、庵勇が首を横に振った。

「なんでもない」

功兵衛が一見したところ、庵勇の腕は確かなようだ。経験豊かな医者であるのは疑えない。

これまで多くの場数を踏んできているというのは、怪我人を救う上で相当大きな利といってよい。

「ふむ、このお人か……」

邦市を見下ろして庵勇がいい、よっこらしょ、と廊下にあぐらをかいた。

「ふむ、血は止まっているようじゃな」

傷口を見た庵勇が、おや、と首をひねった。

「これは血止草じゃな」

傷口に貼られた血止草をはがし、庵勇が功兵衛を見上げる。

「これを傷口に貼ったのは、お侍かの」

「さよう」

言葉短く功兵衛は答えた。庵勇がうれしそうに笑う。

「とてもよい手際じゃ。もし血が止まっておらなんだら、この怪我人はとっくにあの世の住人になっておったであろう」

庵勇が再び邦市に目を当てる。

「この黄色い顔色からして、もともと肝の臓も相当やられておるようじゃのう。腹を刺されたことで強い刺激を受け、吐血に至ったんじゃろうな」

そうだったのか、と功兵衛は思った。

「着物についている血は、邦市どのが吐血したからだったのか」

「着物に付着した血は、おおよそ口から出たもののようじゃな」

あの、と布美が庵勇にきいた。

「邦市さんは多分、初めて吐血したのだと思いますが、肝の臓の病がどのくらい悪くなっているか、おわかりですか」

「相当ひどいのは確かじゃな」

しわ深い顔をしかめて庵勇がいった。

「吐血したら、患者の半分はその際に死に至る。そのときは死を免れたとしても、五年の内にはその七割が死ぬ。吐血したら百人の患者のうち、五年後も生きているのは、わずか十四、五人というところじゃな」

「百人のうち、たったそれだけ……」

布美が呆然《ぼうぜん》とする。

「血が止まったからといって、よくぞこの怪我人は生きているものじゃよ。わしは感心してしまうぞ」

ふう、と庵勇が大きく息をつき、腕まくりをした。

「よし、はじめるか」

助手が薬箱から焼酎《しょうちゅう》が入っているらしい瓶を取り出し、庵勇に手渡した。

瓶を受け取った庵勇が瓶の栓を取り、傷口にじゃぶじゃぶと振りかけた。

血がきれいに洗い流され、ぱっくりと口を開けた傷口が露《あら》わになった。

庵勇は助手から針と糸を受け取り、それらを使って傷を縫いはじめた。気絶していても痛みが走るのか、邦市が身をよじらせ、苦悶《くもん》の表情を浮かべる。

庵勇の腕は素晴らしく、傷の縫合は、鹿威《ししおど》しが三度ばかり音を鳴らす程度の時間で終わった。

その技量の素晴らしさに功兵衛は感服した。布美が選んで連れてきた医者だけに、やはり名医としかいいようがなかった。

「これで大丈夫じゃろう」

ゆっくりと立ち上がり、庵勇が腰をとんとん叩《たた》いた。

「では、邦市さんは助かるのですね」

布美が勢い込んで庵勇にきいた。

「むろんじゃ」

しわを深めて笑い、庵勇が自信たっぷりに請け合う。

「だが、先ほどもいった通り、この怪我人が一命を取り留めたのは、こちらのお侍のおかげじゃよ」

「永見さん、ありがとうございました」

布美が深々と腰を折った。

「いや、礼をいわれるほどのことではない。この糸吉とともに、できるだけのことをしたまでだ」

庵勇が惚《ほ》れ惚《ぼ》れとした目で功兵衛を見る。

「永見さんは、威張ってばかりいるお侍にしては、なかなかよい男じゃな」

「いや、そのようなことはないが……」

心を奪われたような顔で庵勇が功兵衛をまじまじと見る。

「やはりとんでもない遣い手じゃな。こんなにすさまじい腕を持つ人には、久しぶりに会った気がするわい」

「庵勇先生は、やはり剣の腕前がわかるのですね」

合点がいったように布美がきく。

「ああ、わかるに決まっておる。なにしろ、剣術道場の師範じゃったからのう」

そうだったのか、と功兵衛は納得した。

「師範は、もうやめたのですか」

興味を抱いた功兵衛は庵勇に問いをぶつけた。

「ああ、やめた。師範からこうして医者になったのは、門人たちの怪我を医者の手当の様子を見ているうちに、自然とやり方を真似て覚えたからじゃ」

「師範をされていた道場は、どうなったのですか」

功兵衛はさらにたずねた。

「道場は今もあるが、別の者が継いでおる。わしはもう道場に関わっておらん。医者一本じゃ」

誇らしげにいって庵勇が布美に顔を向けた。

「では布美さん、わしらは引き上げるが、よいかな」

「もちろんです」

「この怪我人は布団に寝かせ、安静にさせておくのじゃ。じき目を覚ますであろうが、無理にでも寝かせておくのじゃぞ。承知かな」

「はい、承知しました」

迷いのない声音で布美が答えた。

「それから、酒は決して飲ませんようにな。酒は血の巡りをよくするから、せっかく縫った傷がまた破れんとも限らん。それに、この怪我人の肝臓は、これ以上の酒に耐えられんじゃろう。また飲んだら一気に病が悪くなり、命取りになろう」

「承知しました。決して酒は飲ませません」

殊勝な顔で布美が腰を折った。

「庵勇先生、ありがとうございました。本当に助かりました」

「礼など無用じゃ。布美どの、また明日《あした》、今日と同じ刻限に来るからな」

その庵勇の言葉を聞き、いま何刻《なんどき》だろう、と功兵衛は思った。目覚めたのが明け六つ前で、それからいろいろあったが、まだ五つすぎという頃ではないだろうか。

「わかりました。では、明日の五つにお待ちしています」

庵勇に向かって布美が辞儀する。

「あの、先生、お代はいかほどですか」

顔を上げた布美が庵勇にきく。

「五両じゃの」

平然とした口調で庵勇がいった。それを聞いて功兵衛は腰を抜かしそうになった。

――嘘だろう。今ので五両とは、いくらなんでも高すぎぬか。打《ぶ》っ手繰《たく》りとしかいいようがない。

なにしろ功兵衛は父が遺した五両と、刺客から奪った二頭の馬を売って、ようやく加瀬津から江戸へたどり着いたのだ。

──おそらく父が必死になって遺してくれた金と、邦市どのの手当の値が同じとは……。

「五両ですね。承知しました。お支払いしますので、先生、こちらにおいで願えますか」

当たり前という顔で布美が応じたから、そのことにも功兵衛は目をみはらざるを得なかった。

──やはり江戸というところは、なにもかもがちがうな……。

事前にわかっていたことではあるものの、功兵衛は愕然《がくぜん》とするしかない。

ちょうどそこに、他の医者のところに向かった三人の奉公人が相次いで帰ってきた。

三人とも、医者を連れてきていなかった。いずれも往診に出ていて不在だったことを、布美に伝えた。

「みんな、ご苦労さま。庵勇先生に来ていただけて、邦市さんはとりあえず助かったから」

布美の言葉を聞いて、三人の奉公人がほっと息をつく。

「田之助、邦市さんを座敷に連れていき、布団に寝かせてあげて」

た。

「わかりました」

廊下に上がった布美と庵勇、助手の三人が歩きはじめ、すぐに姿が見えなくなった。

功兵衛は手水場《ちょうずば》で、血にまみれた手をしっかり洗った。

「これをどうぞ」

糸吉が渡してきた手ぬぐいを、功兵衛はありがたく受け取った。

「済まぬな」

功兵衛はしっかり手を拭《ふ》き、手ぬぐいを糸吉に返した。

田之助と三人の奉公人が、力を合わせて邦市を運びはじめた。手近にある襖《ふすま》を開け、座敷に入る。女の奉公人が手早く布団を敷き、そこに邦市が寝かされた。

田之助たちが布団の周りに端座し、邦市を心配そうに見る。

その場を去り難く、功兵衛と糸吉は敷居際になんとなく座った。

庵勇への支払いと見送りを終えたらしく、布美が座敷にやってきた。膝《ひざ》を揃えて邦市の枕元にそっと座る。

「どうしてこんなことに……」

邦市の顔をじっと見て布美が言葉を漏らす。泣きそうな顔をしていた。

「布美どのに心当たりはないのか」

今しかきけぬ、と判断して功兵衛は布美にたずねた。布美が体ごと振り向き、功兵衛に眼差《まなざ》しを当てる。

「心当たりというと」

「誰が邦市どのを刺したか、だ」

「いえ、ありません」

布美の顔に影が差した。

「因果な商売ですから、知らないうちに人さまにうらみを買ってしまうことが多々あります。もっとも、人さまといっても、ほとんどが悪党ばかりですけど。私も、何度か命の危険を覚えたことがあります」

「えっ、そうなのか」

意表を突かれた思いだ。功兵衛は目をしばたたいた。

「邦市さんも同じです。私とは比べ物にならないくらい、悪党どもが雇った暴客《ぼうかく》に襲われています」

――邦市どのは、これまで何度も修羅場をくぐり抜けてきたのか……。

それなら、恐怖を紛らわせるために酒を浴びるように飲んでも、不思議はないような気がした。

「邦市どのは聞心屋で、どのような役目を担っているのだ」

「読売に載せる話の種を拾ってくることを、日々の務めとしています。邦市さんは地獄耳で、他人の秘密などを素早く聞き込むことができます。うちにはなくてはならぬ人です」

その手の者だったか、と功兵衛は思った。

「他人の秘密をあっさり手の内に入れてしまう能力があるのなら、うらみを買いやすいであろうな」

はい、と無念そうに布美が唇を引き結んだ。

「邦市さんが腹を刺されるということは初めてですが、もう少し守ってやればよかった、と悔いています」

「守ってやるというと」

「用心棒をつけ、怪しい者を身辺に近づけさせないようにする。やろうと思えばできたはずなのに、私はしようとしなかった」

力なく布美がうつむいた。布美どの、と功兵衛は呼んだ。布美が面を上げ、功兵衛に目を当てる。

「大きなお世話かもしれぬが、邦市どのの件を町奉行所《まちぶぎょうしょ》に届けずともよいのか」

「はい、その気はありません」

それはなにゆえなのか、と功兵衛は考えた。

「町奉行所がこの家に首を突っ込んでくるのを避けたいからか」

「いえ、そういうわけではありません」

きっぱりとした声で布美が否定した。

「探索において、とても頼りになる人に心当たりがあるからです」

それは誰だろうか、と功兵衛は思案した。

「もともと町奉行所で同心などを務めていたが、今は隠居している人を雇っているとか……。そんな人なら探索の技に秀でており、頼りになるだろう」

「いえ、そうではありません。外のお方であるのは確かですが」

「それが誰なのか、たずねても構わぬか」

いいえ、と布美がかぶりを振った。

「人さまには決していえることではないので、これぱかりは永見さんにもいえません」

ことさらに包み隠さねばならぬ人物ということか、と功兵衛は考えた。

──どのような者だろう。

考えたところで、わかるはずがなかった。

「そうか、わかった」

──この家に逗留《とうりゅう》すればいずれその人に会えるかもしれぬが、俺たちは今日この家を去らねばならぬ……。

「そういえば──」

気づいたように布美が声を発した。

「永見さんと糸吉さんの朝餉《あさげ》が、それきりになっていましたね」

その通りだ、と功兵衛は思い出した。

「膳《ぜん》を前にしたときは腹の虫が鳴るほど空腹を覚えたが、不思議なもので今はあまり空いておらぬ……」

いいえ、といたずらっぽい笑みを見せて布美がかぶりを振る。

「食べ物を目の前にすれば、すぐにお腹は空きましょう。お味噌汁《みそしる》を温め直してきますので、こちらで待っていてください」

「いや、温め直すなど、そんな手間をかけずともよい。冷めたままで十分だ」

「でも……」

「いや、本当にそれでけっこうだ。本当のところをいえば、もう待てそうにないのだ。朝餉のことを頭に思い描いたら、急に腹が減ってきてしまった……」

「ああ、それはよくあることですね」

布美が笑顔でいい、功兵衛たちを促す。

「永見さん、糸吉さん、私と一緒に来てください」

功兵衛は立ち上がり、糸吉とともに座敷を出た。布美の背中を見つつ廊下を進んで、台所横の部屋に入る。

膳が置かれたままになっていた。功兵衛たちはそれぞれの膳の前に座した。

布美が櫃《ひつ》から茶碗《ちゃわん》にたっぷりと飯を盛り、それを功兵衛と糸吉に、どうぞ、と手渡した。

かたじけない、と受け取り、功兵衛は茶碗を膳にのせた。

「ご飯もお味噌汁もすっかり冷めてしまいましたけど、どうぞ、お召し上がりください」

いただきます、といって功兵衛は箸《はし》を手にした。糸吉も同じことをする。

功兵衛は、まず味噌汁をすすった。冷めてはいるが、よく出汁《だし》が取れているのがわかる。旨味が口中に広がった。

――こいつはうまい。

全身に染み渡るような優しい味で、冷めていることを感じさせなかった。功兵衛は感動すら覚えた。

飯もこれまでに食べたことがないような甘みが感じられ、江戸の米はうまいのだな、と思った。

故郷の加瀬津は米どころではあるが、盛夏でもさほど暑くならず、米の栽培にはあまり適していない、といわれている。

遠慮なく二度おかわりをした功兵衛は、すっかり満足して箸を置いた。

糸吉も笑みをたたえて、布美が出してくれた茶を喫している。

「それで、永見さん」

居住まいを正して布美が呼びかけてきた。

「これからどうするつもりですか」

「腹もくちくなったゆえ、そろそろお暇しようと思っている」

布美の目をしっかり見て功兵衛は告げた。

「えっ、そうなのですか」

うつむき、布美が残念そうに眉間《みけん》にしわを寄せた。

「ここを出てどちらに行くのですか」

「まだ決めておらぬ。とりあえず馬喰町《ばくろちょう》の旅籠《はたご》に投宿しようか、と考えている」

「旅籠に行くなんて、もったいない。うちにずっといても構わないのですよ」

「しかし、布美どののたちに必ず迷惑をかけることになる」

内膳の刺客を念頭に功兵衛はいった。

「それに、先ほどいったが、俺は殿の命を果たさなければならぬのだ」

「その命は、ここにいてはできないことなのですか」

むっ、と功兵衛は詰まった。この家にいようと旅籠にいようと、やらなければならないことに変わりはない。

あの、と布美が珍しく気兼ねしたような声を発した。

「こんなことをきいては本当はならないのでしょうが、永見さんは御足のほうは大丈夫なのですか」

「見ての通りの貧乏侍だからな。御足についてはいうまでもない」

功兵衛は正直に答えた。

「でしたら、やっぱりうちにいてください」

強い口調で布美がいざなう。

「しかし俺がいると、本当に布美どのたちに迷惑をかけることになるぞ。それゆえ、俺はこの家を出なければならぬのだ」

「いったい、どんな迷惑をかけるというのですか」

功兵衛にまっすぐ眼差《まなざ》しを向けて布美が問う。布美どのに伝えられることは伝えておくべきであろう、と功兵衛は心に決めた。

「実をいえば、俺は刺客に命を狙われているのだ。それゆえ、上屋敷に行くことも叶《かな》わずにいる」

「命を狙われている……」

布美が息をのんだが、すぐに、ふっ、と小さく吐き出した。

「でも、その刺客に居どころがばれているわけではないのでしょう」

「今のところは……。しかし、いずれこの家にいることを突き止めて、刺客は必ず襲いかかってこよう」

「それなら永見さん、それまでここにいてください」

軽い調子でいって布美が間を置くことなく言葉を続ける。

「庵勇先生によれば、永見さんはとんでもない遣い手とのことです。庵勇先生の見誤りなどではないでしょう。それほどの腕前を誇っているのなら、うちに用心棒として入ってください」

「用心棒だと」

考えてもいなかったことで、功兵衛は目をみはった。

はい、と布美が大きくうなずいた。

「うちの者は悪党どもによく狙われます。永見さん、その腕を大いに振るって、うちの者を守ってください」

いかがですか、と功兵衛に向かって布美が身を乗り出す。

「俺が用心棒になったとしても、布美どのたちに迷惑をかけるのは、なんら変わらぬのだぞ。刺客は必ずこの家を突き止め、姿をあらわすのだからな」

「それはよくわかっています」

布美が静かに点頭してみせた。

「永見さんは、刺客が押し入ってきて私たちが怪我をしたり、死んだりするかもしれないことを、恐れているのですね」

「その通りだ」

「それについては大丈夫です」

胸を張って布美が請け合った。

「襲われ慣れていますから、もし刺客がやってきたら、私たちは永見さんたちを置いて、さっさと逃げ出します。それでよろしいのではありませんか」

「もし刺客が乗り込んできたら、家の中は嵐が吹き荒れたも同然になるぞ。互いに入り乱れての戦いになるのは必至だからな」

「別に構いません」

布美があっさりといった。

「この家には、暴客がなだれ込んできたこともあります。おそらくそのときと、さして変わらない状況でしょうから」

なにをいっても布美どのの気持ちは揺るぎそうにないな、と功兵衛は覚《さと》った。ふと、向かいに座る糸吉がなにかいいたそうにしていることに気づき、顔を向けた。

糸吉は自身の瞳《ひとみ》で、布美さんにここまでいわれて断ることはありませんよ、と必死に訴えかけていた。

長いあいだ一緒に暮らしてきたから、糸吉がなにを考えているか、功兵衛にはほとんど一瞬で解することができる。

——糸吉は、布美どのに惚《ほ》れているな……。

だからこそこの家を離れたくないのだろう。

——これまで糸吉の近くに、若くて美しい娘があらわれたことは一度もなかったな……。

慣れというものがまったくないところに、布美という滅多にいない娘と知り合うことになったのだ。糸吉が一目で心惹《こころひ》かれるのも無理はなかった。

しかし、と功兵衛は思った。糸吉のその思いは、決して実ることがないものだ。布美には、邦市という許嫁《いいなずけ》がいるからである。

そのことを知ったら、糸吉はどんな思いをするだろう。ひどく落ち込んで、しばらくは飯すら喉《のど》を通らないのではあるまいか。

そんな功兵衛の思いとは裏腹に糸吉は、是非とも布美さんのお言葉に甘えましょう、と功兵衛に顔で訴えていた。

「もちろん、ただとはいいません」

そんな言葉がするりと頭に入り込み、功兵衛は布美に眼差しを注いだ。

「一日に一分、払います」

なんと。功兵衛は驚愕《きょうがく》し、腰が自然に浮きそうになった。糸吉も、信じられないという顔をしている。

「しかし布美どの、それでは四日で一両になってしまうぞ」

四分が一両だから、計算は合っている。はい、と布美が何事もないような顔で肯定した。

「確かに少なくない金額ではありますが、口入屋を介して腕のよい用心棒を頼むとなれば、そのくらいは払わなければならないでしょう。私は永見さんほどの腕を持つ人を用心棒として雇うのに、お金を惜しむつもりはありません」

功兵衛を見て布美が言い切った。ふむう、と心中で功兵衛はうなり声を上げた。

——四日で一両とは……。

功兵衛は、まだうつつのこととは思えない。そんな高額の仕事が成り立つなど、あってよいものなのか。とにかく、日本広しといえども、江戸以外ではあり得ないことだろう。

「布美どの、読売屋という商売は、それだけの給銀を払えるほど儲《もう》かるものなのか」

いえ、と布美が簡単に打ち消した。

「さして儲かるものではありません」

「それなのに、それだけの大金を俺に払おうというのか」

はい、と布美が首を上下させた。

「読売屋という仕事には、それほどのお金をかけてもよいだけの値打ちがあるものと、私は信じていますので」

「信念があるのだな」

さようです、と布美がいった。

「その信念は、私の中で決してぐらつくことはありません」

「それだけの信念の元になっていることが、布美どのの心にはあるのだろう。それはいったいなんなのかな」

「この世を変えようという思いです」

布美がずばりといった。

――なんと。

今日は目覚めてから何度も驚いてきたが、功兵衛はこの布美の言葉に最も強い衝撃を受けた。

――この娘が、そのようなことを考えているとは……。

これまで功兵衛は、竹坂家の普請方という狭い枠の中で生きてきた。とにかく与えられた役目を勤め上げるのに必死で、世の中を変えようという考えが、頭の隅をよぎったことなど一度もない。

「この世を変えると一口にいっても、さまざまなやり方があるような気がするな。

布美どのは、どのようにこの世を変えたいと考えているのかな」

「その日その日をまじめに一所懸命に生きている人々が、幸せに暮らせる世にしたいと思っています」

素晴らしい考えだな、と功兵衛は思った。今の世は、貧乏な者たちが飢えて死んでいくのはなんら珍しくない。

功兵衛は主君の斉晴と加瀬津の村々を回ったときのことを思い出した。

二十代だというのに栄養が足りず、四十半ばに見えた母親がいた。母親におんぶされていた四歳だという子供も、ろくに成長できず、赤子のようにしか見えなかった。

加瀬津の村人たちは毎日、懸命に働いている。だがあの暮らしが幸せとは、とても思えない。

誰もが当たり前に幸せに暮らせる世を実現すれば、あの者たちも年齢に合った風《ふう》貌《ぼう》になれるにちがいない。

内膳の人身売買も根っこは同じだ。女衒に女子供を集めさせているとのことだったが、暮らしに窮しているからこそ娘やせがれを身売りしようとする者が出てくるのだ。

誰もが幸せに暮らせる世が来れば、身売りをする必要がなくなる。よいことばかりではないか。

しかしながら、それをうつつのものにしようとすれば、おそらく困難ばかりが立ちはだかるだろう。たやすくやり遂げられることではない。難事としか、いいようがない。

――だが、布美どのの考え自体は素晴らしいものだ。なにを、どうすれば、そんな世にできるだろうか……。

考えてみるだけの価値はある。功兵衛は頭を巡らせてみたが、これぞ、という名案は浮かんでこなかった。

いや、いくら知恵を絞ったところで、思いつきそうにない。

「この世を変えたいという布美どのの気持ちは、よくわかった。俺もその思いに賛成だ。力になりたいと心から思う」

「ありがとうございます。うれしく思います」

期待の籠《こ》もった目で布美が功兵衛を見る。

「うむ、しばらくのあいだ、用心棒をやらせてもらう」

「まことですか。ありがとうございます」

白い歯をこぼした布美が目を輝かせて礼を述べる。

「ただし、条件が一つある」

「はい、なんでしょう」

かしこまって布美が聞く姿勢を取った。

「用心棒の代は一日一分もいらぬ。一月一両でよい」

「えっ、それではあまりに少なすぎます」

「いや、布美どのは飯まで食べさせてくれるのであろう。一月一両で十分だ。この条件がのめぬのであれば――」

「わかりました。一月一両で、手を打たせてください」

「それでよい」

微笑した功兵衛は体から力を抜いた。向かいに座る糸吉は、今にも万歳をしたそうな顔つきだ。

欣喜《きんき》している糸吉を目の当たりにして、功兵衛も満足だった。

第二章

一

足早に歩きつつ藤森中兵衛《ふじもりなかべえ》は、ぶるり、と身震いした。

「初夏だっていうのに、今朝は冷え込みやがったなあ」

襟元を直して中兵衛がいうと、先導している中間《ちゅうげん》の善八《ぜんはち》が、ええ、と相槌《あいづち》を打った。

「まるで、冬の寒さが舞い戻ってきたみたいですね」

善八の口から白い息が吐き出され、霧のように流れていく。

「このところの暖かさに慣れちまっていたから、思いがけない寒さに襲われると、調子がおかしくなっちまうぜ。こういうのを寒の戻りというのかな」

「ええ、そうかもしれませんねえ」

同意して善八が続ける。

「寒の戻りとは、厳密には晩春の頃、急に寒さがぶり返すことをいうらしいんですけど、初夏でもそう呼んで差し支えないような気がしますね」

ふーん、と中兵衛は鼻を鳴らした。

「おめえ、物知りなんだな」

この厳しい寒さの中、大勢の者が背を丸めつつ道を行きかっている。刻限は六つ半を少し過ぎたくらいで、これから職場へ向かう者がほとんどなのではあるまいか。

――こういうとき居職の者はいいな。火鉢のそばで、ぬくぬくできるからな。まったくうらやましいぜ。

「あっしは本を読むのが大好きですから」

歩きながら善八が胸を張った。

「なるほどな」

中兵衛は善八の言を受けた。

「おめえは本からいろいろ知識を得ているんだな。読書というのは、やはり大切だ」

ええ、と善八が深いうなずきを見せる。

「本を読めば読むほど、それまで知らなかった知識がどんどん積み重なっていきますからね。そんなことは読書以外では、できやしないでしょう」

「俺もおめえを見習って、読書に精出すことにするか」

善八が振り返り、旦那《だんな》、とあきれたような声を発した。

「その言葉は、耳に胼胝《たこ》ができるほど聞きましたよ」

「なにっ」

いわれてみれば、と中兵衛は思った。これまで何度も口にしてきたような気がする。

中兵衛の場合、いっとき本を読み出しても、すぐに飽きてしまい、長続きした例《ため》しがないのだ。

――俺は、じっと字を読み続けるのが苦手なんだな。こらえ性がないというか……。

町奉行所には例繰方《れいくりかた》といって、過去の判例を整理したり、判決記録を保存したりする役目の者がいるが、そこから出される分厚い書類を読んでいても、次第に目がしばしばし出し、頭も痛くなって、書類を放り出したくなることがある。

――この辛抱の利かねえ性格をなんとかしなきゃ、読書という習慣が身につくことは、まずなかろうぜ……。


「しかし善八」

顔を上げて中兵衛は呼びかけた。

「おめえは寒がりだから、こんなに寒いと、きつかろう」

とんでもない、と善八が手を振った。

「あっしはむしろ暑がりですから、このくらいの寒さなど物ともしませんよ。寒がりなのは、むしろ旦那のほうじゃありませんか」

そうだな、と中兵衛は素直に答えた。

「こんな寒い日は、俺のような年寄りにはこたえるぜ。火鉢に寄り添っていられたら、どんなにいいかと思う……」

「年寄りって、旦那はまだ二十八じゃありませんか」

声を高くして善八がいう。

「あっしよりたった三つ上なんですから、年寄りだなんて、いわないでください」

「だが、じき三十だからな。ずいぶん歳を取ったと思うぜ」

「しかし、旦那が三十になるまで、あと一年半もありますよ」

再来年の正月が来れば、中兵衛は三十になるのだ。

「一年半なんて、あっという間だ」

「あっ」

いきなり善八が声を出した。

「なんだ、どうした」

驚いて中兵衛は善八に質《ただ》した。

「旦那が、三十になるのはあっという間だ、というから、あっ、といってみたんですよ。でも旦那は、まだ三十になっていませんよ」

善八の説明に、中兵衛はあっけに取られた。

「当たりめえだ。あっという間、というのはただの例えに過ぎねえんだ。そんなことは、おめえもよくわかっているだろうに……」

足を進めつつ腕組みをして、中兵衛は善八の背中をまじまじと見た。

「おめえは本当のところ、二十五なんかじゃねえな。実は、十歳じゃねえのか。そのくらいの男の子が、そんなつまらねえことを、よく口にするぜ」

「あっしは正真正銘、二十五ですよ。十歳の子に、番所の中間という厳しい役目が務まるわけがありませんから」

厳しい役目か、と中兵衛は思った。確かに中間は激務である。

――そんな中、善八はよくがんばっちゃあいるよな……。

「その正真正銘という言葉だが、昔は『しょうじんしょうめい』といっていたらしいぞ。さすがの善八も、こいつは知らなかったんじゃねえか」

「ええ、知りませんでしたね」

善八があっさり認めた。

「いつから『しょうしんしょうめい』というようになったんですか」

さあ、と中兵衛は首を横に振った。

「そこまでは俺も知らねえ。前に例繰方からもらった文書《もんじょ》で知ったんだ。だが言葉なんてのは、読みも意味も、時代とともに移り変わっていくものらしいから、この程度のこと、珍しくもねえだろう」

「ええ、そうかもしれないですね」

すぐさま善八が賛意を示す。

「『しょうしんしょうめい』のほうが『しょうじんしょうめい』より言いやすかったんでしょう。それで、読み方が変わったんじゃありませんかね」

「まあ、そういうことなんだろうな」

中兵衛がうなずいたとき、いきなり善八が、あっ、と大きな声を上げた。

「今度はなんだ、どうした」

「旦那、皆さん、お待ちかねのようですよ」

善八が前に向かって指を伸ばした。

善八にいわれて、中兵衛は前方に目をやった。いつの間にか、くすぶっているらしい幾筋かの煙が視界に入ってきていた。燃え尽きた家の傍らに、五人の男が横並びに立っているのが見えた。

善八のいう通り、深川常盤町《ふかがわときわちょう》の町役人が顔を揃え、中兵衛の到着を今か今かと待っているのだろう。

ほかにも、大勢の野次馬とおぼしき者たちが近くにおり、わいわい騒いでいた。

「いつの間にか、深川常盤町に足を踏み入れていたんだな」

ええ、と善八がいった。

「旦那とのおしゃべりが楽しくて、あっしはどのあたりを歩いているのか、失念していましたよ」

「取り留めのないことをしゃべくってると、ときがたつのが異様に早いからな」

まったくですね、と善八が応じる。

「旦那、とにかく急ぎましょう」

「ああ、そうしよう。この寒さの中、待たせるのも悪い」

中兵衛は駆けるようにして町役人たちに歩み寄っていった。どいてくんな、と善八が声を上げると、たむろしていた野次馬たちが中兵衛のために道を空けた。

すでに火消したちの姿が付近にないことに、中兵衛は気づいた。鎮火を確認し、延焼はないと判断して引き上げたのだろう。

「待たせたな」

足を止めた中兵衛は町役人たちに会釈した。

「藤森の旦那《だんな》、朝早くからご足労、まことにありがとうございます」

五人の中でいちばん歳がいっている萩右衛門《はぎえもん》が丁寧に挨拶《あいさつ》した。他の四人も萩右衛門に合わせて低頭する。

火事の余熱を幾分か感じるとはいえ、焚火《たきび》をするわけにもいかず、今朝の寒さのせいで五人とも顔がこわばっているように見えた。

萩右衛門、と中兵衛は呼びかけた。

「死人が出たそうだな」

すっかり燃えてしまっている家に目を当てて、中兵衛はたずねた。

「さようにございます。一人だけですが、出てしまいました……」

瞳《ひとみ》に悲しみの色をたたえて萩右衛門が残念そうにいった。

「仏はこの家の者か」

鋭い口調にならないように気をつけて、中兵衛はきいた。

「死骸《しがい》は、あるじの仁休《じんきゅう》先生だと思われるのですが……」

「なに、仁休が死んだっていうのか」

目を丸くして中兵衛はいった。すでに跡形もないが、いわれてみれば、ここは仁休の医療所でまちがいない。

ええ、といって萩右衛門が軽く腰を曲げた。

「死骸は、真っ黒に焼け焦げております。そのために、まことに仁休先生なのかどうか、確かめることができません」

焼死体が出た場合、身元の確認が困難な場合は珍しくない。

「ただし、死骸は仁休先生が大事にしていた根付を右手で握り締めておりました。検死に当たった香順《こうじゅん》先生が見つけてくださいました」

袂《たもと》に手を突っ込んだ萩右衛門が、これでございます、と根付を差し出す。

中兵衛は手に取り、象牙《ぞうげ》製の根付をじっくり見た。二つの異なる獣が、正面から相撲を取っているかのように抱き合っている。

——ずいぶん変わった意匠だな。こんなのは初めて見るぜ……。

「これは馬と鹿だな」

根付に目を落として中兵衛はいった。

「つまり馬鹿を表しているのか」

「多分そうではないかと……」

仁休は誰のことを馬鹿だと思っていたのだろう、と中兵衛は考えた。

——世間の者か。それとも、自身のことだろうか。

「この根付を仁休は大事にしていたんだな」

改めて確かめると、はい、と萩右衛門が顎《あご》を下に動かした。

「とても大切な品のようでした。まさに肌身離さずという感じでございました」

そうであるなら、死者は仁休で決まりだろうか。

——しかし、あの仁休が死んじまうなんて、とてもじゃねえが、信じられねえ……。

仁休は、殺しても死なないような男だったのだ。

医者らしく頭は丸めており、体つきはがっちりしていた。その風貌《ふうぼう》は、平安《へいあん》の昔の僧兵を思い起こさせたものだ。

獣肉が大の好物で、山鯨を扱う食べ物屋を贔屓《ひいき》にしていた。そのせいなのか、顔は常に脂ぎっていた。

――猪肉《ししにく》はことのほかうめえし、精がつくから、ふんだんに食べていれば、精力の塊のような男になるのは当たり前だろうが……。

「この根付は、俺が預からせてもらうぜ」

「もちろんでございます。よろしくお願いいたします」

中兵衛は根付を袂に落とし込んだ。

「藤森の旦那、仏をご覧になりますか」

萩右衛門にきかれ、ああ、と中兵衛は点頭した。

「見せてもらおう」

死骸を目の当たりにすれば、それが仁休の死骸であると確信に至るかもしれない。

「どうぞ、こちらでございます」

柱や梁《はり》がくすぶり続けている家を回り込んで、萩右衛門が焼けずに残っていた枝折戸を押し開き、庭に入った。

そのあとに続こうとした中兵衛は、不意に左側から強い眼差《まなざ》しを覚えた。

なんだ、と思って目をやると、五間ほど先にほっかむりをした男が立ち、こちらをじっと見ていた。

——なんだ、あの男は。なにゆえ俺をにらみつけている……。

尋常な目の力ではないように感じた。何者だい、と思い、中兵衛はその男に向かって足を踏み出した。

肩をすくめたような素振りを見せると、男が小袖《こそで》の裾《すそ》を翻し、家と家のあいだの路地に走り込んでいった。あっという間に、男の姿は視界から消えた。

——ちっ、逃げやがったか……。

中兵衛は心中で舌打ちした。

「旦那、どうかしましたか」

後ろから善八が気がかりそうにきく。

「胡散《うさん》くさい男がいたものでな。話を聞こうとしたんだが、その前に逃げられちまった」

えっ、と善八が驚きの声を上げる。

「まさか、この火事に関わりがある男じゃ、ないですよね」

ふむ、といって中兵衛は首を傾げた。

「あの男が、今回の火事と関わりがあるかどうかはわからねえ。ただ、この場に似つかわしくない男のように思えたのは確かだ……」

「旦那を見て逃げたってのは、相当怪しいですねえ。顔を見ましたか」

「ほっかむりをしていたから、ほとんど見ていねえ。歳は三十そこそこじゃねえかな。紺色の小袖を着ていた」

もっとも、紺色の小袖など、江戸では最も多くの男が着用しているから、なんの目印にもならない。

——ほっかむりも、よくある灰色のものだったし、あの男はできるだけ目立たぬようにしていたんだろう。

もっとよく顔を見ておけばよかったな、と中兵衛は後悔した。

「藤森の旦那、よろしいですか」

枝折戸のところで動かなくなった中兵衛を心配したらしく、萩右衛門が案じ顔を向けてきた。

「ああ、済まねえ」

中兵衛は枝折戸を通り抜け、庭に入った。

これでは日光が家に射し込むことはないだろうと思えるほど、枇杷《びわ》や辛夷《こぶし》、木槿《むくげ》などが生い茂っていたが、どの木も枝や幹が焼けている様子はなかった。

――木槿は夏から秋にかけて花を咲かせるが、その中でも白い花を乾燥させたものが胃腸の薬になると聞いたことがあるな。そのことを仁休は知っていて、木槿を植えたのだろうか……。

「医療所だけが燃えたようだな」

周りの家々に目をやって中兵衛は萩右衛門に確かめた。付近に家は密集しているが、焼けたように見える家は一つもない。

ええ、と萩右衛門が振り返って答えた。

「昨晩はほとんど風がありませんで、どの家も運よく延焼を免れました」

家の隅のほうにある土間に、中兵衛は連れていかれた。

そこには、丸焦げになった死骸《しがい》が手足を枯れ枝のように折り曲げて横たわっていた。

中兵衛が焼死体を目にするのはむろん初めてではないが、どんなに回数を重ねても慣れることはない。いつ見ても、むごいものだとしか、いいようがなかった。

中兵衛は死骸に向かって合掌し、目を閉じた。数瞬後まぶたを持ち上げると、横で善八も同じことをしていた。

「ここは台所のようだな」

中兵衛は萩右衛門にたずねた。そばに竈《かまど》がしつらえてあり、水が入っていたはずの瓶が粉々に割れていた。

「さようにございます」

死骸に一尺ほどまで近づき、中兵衛はしゃがみ込んだ。

「こんなに焼けていちゃ、本当に仁休なのかどうかわからねえな……」

「それどころか、男か女かすらも、わかりませんよ」

中兵衛の後ろに控えた善八がいった。

「ええ、まったく善八さんのいう通りでございます」

死骸を気の毒そうな目で見ながら萩右衛門が、小首を縦に振った。

「香順先生の検死でわかったことはただ一つ、この仏が焼け死んだということだけでございます」

香順はこの近所に住む町医者だ。中兵衛は、深川の界隈《かいわい》で不審な死者が出た際の検死を依頼してある。

もう七十に近い高齢だが、腕は確かで、目もいまだにしっかりしている。検死に関しては、中兵衛は頼りにしていた。

——その先生でも、これが誰かわからねえか。まあ、当たり前だな。

中兵衛は立ち上がって息を入れ、もう一度、死骸に眼差しを注いだ。

焼けてすっかり小さくなっているが、仏はかなり骨太で、仁休に当てはまる体格をしているように思えた。

——ふむ、仁休でまちがいねえのかな。なにがあっても死にそうもない男に見えたが、昨晩、ついに寿命が尽きちまったのかい……。

中兵衛の胸中を暗澹《あんたん》たる思いが占めた。

二

仁休はこの家で医者の看板を掲げていたが、明らかに藪《やぶ》で、患者はほとんど寄りつかなかった。医療所はいつも閑古鳥が鳴いていたものだ。

あれでよく暮らしが成り立つものだ、と中兵衛は感心して見ていたが、仁休にはもともとかなりの蓄えがあったのかもしれない。

——いや、まちがいなくあったんだろう。でなければ、安くもねえ山鯨なんざ、そうそう食べ続けられるわけがねえ。

「仁休は一人暮らしだったな」

中兵衛は一応、萩右衛門に確かめた。

「はい、内儀もおりませんでした」

「助手も使っていなかったな」

「こんなことをいっては申し訳ないのですが、使えるほど患者が来ませんでしたから」

「確かにな……」

中兵衛が仁休と知り合ったのは、今から五年ばかり前、この近くでひったくりの男を捕らえたときだ。

袋小路に追い詰めたまではよかったが、捕まってたまるか、とばかりにひったくり犯が匕首《あいくち》を手に激しく抵抗した。

そのとき、善八が腕に切り傷を負ったのだ。傷口から血がおびただしく流れ出し、一刻も早く医者に連れていかねば、と焦るように思った中兵衛は一人奮闘し、十手でひったくり犯を打ち据え、見事に捕らえたのである。

縄でふん縛ったひったくり犯をこの町の自身番に預け、萩右衛門によれば、町内にただ一人いるという医者のもとに、善八を連れていったのだ。

いきなり定町廻《じょうまちまわ》り同心が飛び込んできて仁休はひどく驚いたが、事情を説明すると、わかりました、といって善八の傷の毒消しをし、膏薬《こうやく》を塗って晒《さらし》を巻いた。

本道を本領としているとのことで、お世辞にも手際がいいとはいえなかったが、善八の傷は化膿《かのう》などしなかった。

その後は会うこともなかったが、三年ばかりたったとき、中兵衛は仁休の脂ぎった顔を再び拝むことになった。

深川常盤町の隣町の深川元町《もとちょう》で、真っ昼間に起きた火事がきっかけだった。そのとき中兵衛と善八はちょうど近くを見廻り中で、知らせを聞いて急いで駆けつけた。

表通り沿いの一軒家が屋根から炎を噴き上げ、激しく燃えていた。すでに手の施しようがなく、延焼を防ぐために火消したちは近くの家を叩《たた》き壊そうとしていた。外で仕事をしていたという夫婦があわててやってきて、中にまだ二人の子供がいることを、泣き叫んで伝えた。五歳と四歳の兄弟とのことだった。

なんだとっ、と中兵衛は驚愕《きょうがく》したが、自分ではどうすることもできず、その場に立ち尽くすしかなかった。

そこにあらわれたのが仁休だった。いきなり天水桶《てんすいおけ》の水を頭からかぶるや、家の中に突進していったのだ。誰一人として止める暇はなかった。

あまりに向こう見ずな行動に、中兵衛は肝を冷やした。

あれじゃあ仁休も助からねえぞ。

燃え盛る家から目を離さずにいると、不意に家の屋根が焼け落ち、どどーん、と激しい音が立った。すさまじい量の火の粉が舞い上がり、幾筋もの煙が渦巻いた。

ああ、と野次馬たちが絶望の声を発した。もう駄目だ、と中兵衛も観念した。

幼い兄弟の二親も、さすがに覚悟を決めざるを得なかったはずだ。

だが、そのとき右側に立っていた野次馬たちから、わあっ、と大きな歓声が上がった。

中兵衛からは火の粉と煙が邪魔して見えなかったが、渦巻いた煙にわずかな隙間ができたらしく、右手からは歓声を上げるようななにかが見えたようだ。

もしや、と中兵衛は期待を抱いて目を凝らした。

案の定というべきか、火の粉と煙の壁を突き破るようにして、仁休が姿をあらわしたのだ。両腕で二人の子供をがっちりと抱え込んでいた。

全身を煤《すす》だらけにした仁休はずんずんと歩き、二人の兄弟を両親に渡した。

二人の男の子は気絶しているだけで、命に別状はなさそうだった。二人の息子にすがりついた二親は大泣きして、仁休に感謝の思いを伝えた。

この一件ですさまじいまでの胆力と行動力を見せつけた仁休は一躍、町の英雄となった。一時、医療所は押すな押すなの活況を呈した。

だが、その熱も長くは続かなかった。半年も過ぎた頃には、閑古鳥が鳴く以前の状態に戻っていたのだ。

火事の直後、なぜあんな無茶をしたのか、中兵衛は仁休にたずねた。火傷《やけど》を負った肩や腕を隣町の町医者に手当してもらいながら、仁休が理由を述べた。

燃え盛る炎の中、恐怖におののく幼い男の子の顔がわずかに見えた。まだ生きているのを知った瞬間、自分でもわけがわからなかったが、天水桶の水をかぶり、家の中へ突っ込んでいた。

二人の子供は大して捜すまでもなく見つかったが、煙に巻かれたか、気を失っていた。二人を抱き上げ、火に追われるようにして外を目指した。

あと少しで外に出られるというとき、轟音《ごうおん》とともに屋根が落ちてきたが、幸いにも一本の梁《はり》が肩をかすめていっただけで、二人の子供も無傷で済んだ。自分の力で無辜《むこ》の命を救えて、とてもうれしく思っている。

仁休の答えはこんなものだった。

藪とはいえ、人を生かすことを生業《なりわい》としている医者としての本能が、男の子の顔を目の当たりにしたとき呼び覚まされたのかもしれない。

それだけに、中兵衛としては、あの仁休が焼け死んだというのは、どうしても信じがたいものがあるのだ。

中兵衛は改めて死骸《しがい》に目を当て、一人つぶやいた。

「この仏が、誰かほかの者ということは考えられねえか」

萩右衛門が困惑の表情を見せる。

「もしほかの人がこの家で焼死したのだとしても、肝心の仁休さんはいったいどこへ行ってしまったのだ、ということになりますが」

確かにな、といって中兵衛は、仁休がここに死骸を残して失踪《しっそう》した場合、どんな状況が考えられるか、想像を働かせてみた。

昨晩、急な患者が来たか、もしくは来客があり、仁休と口論になった。故意か過失か、仁休はその者を殺してしまい、家に火をつけて逃走した。

――こんな筋書もあり得ねえではねえが、考えすぎか。家にわざわざ火をつける意味がわからねえ……。

逆もあり得るな、と中兵衛はすぐに思いついた。昨晩、患者か客があり、仁休と口論になったところまでは同じだ。

仁休が殺され、下手人は逃走した。その際、家に火をつけ、証拠の隠滅を図った。

こちらのほうが考えやすいな、と中兵衛は思った。

——もしこっちだとした場合、仏は仁休ということになるが……。

「仁休に身寄りはいるのか」

中兵衛は新たな問いを萩右衛門に投げた。

「身寄りと呼ぶべき者は、一人もないようでございます」

「親戚《しんせき》の類《たぐい》が訪ねてきたことは」

うーん、といって萩右衛門が首を傾げる。

「訪ねてくる人はろくにいませんでしたねえ。患者すらも拒絶しているかのように、仁休先生はひっそり暮らしていましたから」

「ただ一つの贅沢《ぜいたく》は、山鯨を食べることだったか……」

「ええ、ええ、そうかもしれません」

瞳《ひとみ》に深い憐《あわ》れみの色をたたえて萩右衛門が同意した。

「歳はいくつだった」

中兵衛にきかれ、萩右衛門が考え込む。そういえば、といった。

「今年、ちょうど四十になったといっておりましたね……」

「そうかい。もっといっているかと思っていたが、存外に若かったんだな」

少し背伸びをして中兵衛は、すっかり焼けている家の中を見渡した。

「火元はどこだ」

「こちらではないかと」

次に中兵衛が連れていかれたのは、戸口近くの部屋だった。

家の中では最も激しく燃えており、柱さえも焼け残っていない。

「間取りからして、この部屋はほかの部屋より広いようだが、医療部屋か」

「さようにございます。仁休先生はここで患者を診、寝起きもしていたようにございます」

よく見ると、布団のものらしい燃えかすが傍らにあった。

「ここで寝ていて火事に気づき、台所まで逃げたが、煙に巻かれて力尽きたということか」

「香順先生は、煙に巻かれつつ台所まで逃げたが、そのときすでに寝間着に火がついていたのではないか、とおっしゃっていました」

そのさまを想像して中兵衛は暗澹《あんたん》とした。

――生きたまま炎に包まれたっていうのか。そいつは、さぞかしきつかっただろう……。

ふと中兵衛は気づいたことがあった。

「戸口がすぐそこにあるのに、仁休は台所へ向かったのか……」

「おそらく寝酒を飲んでおり、火事に気づいて起き出したものの、酩酊《めいてい》していたせいで、どこへ逃げればよいか、方角がわからなくなったのではないか、と香順先生はおっしゃっていました」

萩右衛門が、割れて転がっている酒徳利と杯を指し示した。酒徳利に岸部屋《きしべや》と名が入っているのが、かろうじて読み取れた。近所の酒問屋である。

「仁休は酒好きだったのか」

「ええ、大好きでございましたねえ。うわばみといってよいと思います」

そこまでの大酒飲みだとは、中兵衛は知らなかった。

「岸部屋さんにその徳利を持って入っていく姿を、よく見ましたよ。この世に酒がなければ、生きている甲斐《かい》がないともいってましたし……。もっとも、山鯨を食べているときはいつも決まって徳利一本の酒を、ちびちび飲むだけだったらしいのですが……」

「仁休にはなにか事情があり、飲まずにいられなかったのかな。そのあたり、なにか聞いてねえか」

中兵衛は萩右衛門に問うた。

「いえ、申し訳ないのですが、そのような事情は耳にしておりません」

不意に萩右衛門が、はっ、としたような顔になる。

「藤森の旦那《だんな》は、仁休さんが自死したと、お考えなのですか」

「いや、そこまでは考えてねえ」

中兵衛は首を横に振ってみせた。

「ただ、なにか悩みのようなものがあって酒に逃げており、昨晩は特に飲みすぎて、そのせいで逃げ遅れたというのは、考えられると思ってな」

「ああ、確かに。仁休さんに悩みか……」

思案に暮れる表情になったが、萩右衛門はほとんど間を置かずに面を上げた。

「仁休さんは無口で、人付き合いもろくにありませんでした。山鯨を食べさせる店でも、いつも一人のようでしたし……」

唇を湿して萩右衛門が話を続ける。

「なにか悩みがあれば聞きますよ、といった者もいたようですが、仁休先生はなにもいわなかった由でございます」

——だが仁休には、頭から離れなかったなにかがあったんじゃねえのか。

燃え盛る炎を物ともせず、幼い兄弟を救うために突っ込んでいったのも、それが為《な》せる業だったかもしれない。

「火事に気づいたのはこの町の者か」

中兵衛は別の問いを萩右衛門にぶつけた。

「さようにございます」

萩右衛門が、はきはきと答える。

「この近所に住む与六《よろく》という者でございます。昨晩は遅くまで隣町で飲んでいたらしく、九つを過ぎた頃に通りかかったところ、火が出ていることに気づいたようでございます。それで、火事だ、火事だ、と叫びながら自身番に向かったそうにございます」

萩右衛門が会釈気味に頭を下げた。

「そのとき自身番には町役人が一人だけ詰めていたのですが、小者に命じて半鐘を鳴らさせました」

その音で火消しが駆けつけ、消火に当たったそうだ。

「火事を見つけたとき、与六は怪しい人影を見ていねえか」

仁休を殺し、家に火をつけて逃走した者がいたかもしれないのだ。

「与六は、そのようなことは一言もいっておりませんでしたが……」

——ここは、与六に会っておくほうがよいだろうな。

「与六の家は、ここから近いんだな」

はい、と萩右衛門がいった。

「しかし、いま与六は留守にしていると存じます。大工をしておるのでございますが、今日から泊まりで仕事に行くといっていました。昨晩の帰りが遅かったとはいえ、もう家は出たのではないでしょうか。仕事はきっちりこなす男でございますので……」

「泊まりというと、数日は帰ってこねえのか」

「今回は十日ばかり、仕事先に滞在するといっておりました……」

申し訳なさそうに萩右衛門が説明した。

それじゃあ仕方ねえな、と中兵衛は与六のことはあきらめた。萩右衛門、と呼ぶ。

「いったいなにがこの火事を引き起こしたんだ。煙草か」

はい、と萩右衛門がいった。

「煙草のほかに、この部屋が火元になるものが見当たらないもので……」

中兵衛の足元に、焼け焦げた煙草盆らしき物があった。

就寝前の煙草が原因となる火事は、枚挙にいとまがない。江戸の男のうち八割が煙草のみといわれているから、仁休が吸っていたとしても不思議はない。

中兵衛は煙草を吸わないから、なぜそんなに吸う者が多いのか、さっぱりわからない。煙を吸い込んで、体によいとも思えない。

――食事をしている最中に吸っている者がいると、叩《たた》き殺してやりたくなるくらいだしな……。

「仁休に女はいたのか」

平静な声音で中兵衛は別の問いを投げた。

「いえ、いなかったように思います。医療所に出入りする女は、一人も見たことがありませんので……」

「岡場所くらい行っていたんじゃねえのか」

「いえ、それもなかったものと。仁休先生には、女の気配は微塵《みじん》もありませんでした」

「ならば、衆道のほうだったのか」

思いついたことを中兵衛は口にした。

「いえ、それもちがうような気がいたします。とにかく男であろうと女であろうと、人との付き合いはできるだけ避けようとしているところがございました」

――仁休は誰かから逃げていたのか……。

「友垣はどうだ」

期待できないのを承知で、中兵衛は新たな質問を口にした。

「一人おりました」

思ってもいなかった答えが返ってきて、中兵衛は目をみはった。

「誰だ」

「今次《いまじ》さんといいます」

「その今次というのは何者だい」

萩右衛門に顔を近づけ、中兵衛はきいた。

「仁休先生の数少ない患者の一人です」

「ほう、仁休を頼りにしている者がいたのか。今次の生業《なりわい》は」

「手習師匠です」

――そいつはうらやましいな。

子供の頃、通っていた塾の師匠がいつも一所懸命な人で、中兵衛はその師匠が大好きだった。俺もいつかお師匠のようになりたい、と幼心に憧《あこが》れたものだ。

藤森家の長男に生まれ、定町廻りになることを運命づけられていなかったら、まちがいなく手習師匠を目指していたにちがいない。いつか隠居するときが来たら、表長屋でも借りて手習所を開きたいと考えている。

——俺は子供が好きじゃねえが、向こうが勝手に懐いてくるから、きっとうまくいくだろう。

「今次は、よい手習師匠なのか。子供たちは懐いているのか」

「いいえ、それがそうでもないんですよ」

渋い顔になって萩右衛門がいった。

「実は、隣町に別の手習所ができましてね。そうしたら、十数人いた手習子があっという間にそちらへ移ってしまったんです」

それを聞いて中兵衛は、今次がかわいそうになった。

「なぜそんなことが起きたんだ」

「それが、よくわからないのですよ。悪い評判は聞かない手習師匠だったのですが……」

いい評判もろくになかったんだろうな、と中兵衛は思った。

「その今次という男は、なぜ仁休を贔屓《ひいき》にしていたんだ」

「きっと馬が合ったのでございましょう。二人とも囲碁が好きでございましてね。月に四、五回は仁休先生の医療所で、打っていたんじゃないでしょうか」

「月に四、五回かい……」

中兵衛は軽く首をひねった。

「あまり多くはねえんだな。囲碁好きというのは、毎日のように打つものじゃねえのか」

「今次さんが打ちたくても、仁休先生がその気にならなきゃ、駄目だったようですので」

そういうことかい、と中兵衛は思った。

――仁休は、気が向くときしか碁を打たなかったか。

「今次と仁休が仲たがいをしたというようなことはなかったか」

えっ、と萩右衛門がびっくりしたような顔をする。

「いえ、なかったものと……。二人が口論や喧嘩《けんか》をしたという話は、一度も聞いたことはございません。むしろ仲はよかったものと存じます。珍しく仁休先生が風邪を引いて寝込んだとき、今次さんが甲斐甲斐《かいがい》しく看病したようですし……」

そうかい、と中兵衛はいった。

「仁休が、誰かにうらみを買ったというようなことはねえか。例えば、患者と揉《も》めたとかいうようなことだ」

あの、と萩右衛門が戸惑ったような声を出した。

「藤森の旦那《だんな》は、仁休先生が殺されたと考えていらっしゃるんですか」

「そうだと決めつけているわけじゃねえ」

中兵衛は萩右衛門を見返した。

「この一件を探索する定町廻りとしては、さまざまな筋立てを考えて、一つ一つ潰《つぶ》していかなきゃいけねえんだ。わかるか」

「もちろんわかりますとも」

萩右衛門が納得したような顔つきになった。

「仁休先生は藪医者《やぶいしゃ》といわれてましたが、その割に、他のお医者よりお代がずっと高かったのですよ。そのことを近所に住む者はみんな知っていたために、余計、患者が来なかったという面もあったのでしょうが、医療所で揉め事があったとは一度も聞いておりません」

「別に、患者絡みじゃなくてもいいんだ。仁休が町内で諍《いさか》いの類《たぐい》を起こしたことはなかったか」

「ありませんでした」

迷いのない口調で萩右衛門が断じた。

「仮に悶着《もんちゃく》があったとしたら、町役人である手前がその話を耳にしなかったわけがありません」

自信たっぷりに萩右衛門がいった。

――仁休にいざこざめいたことがなかったのは、目立つことをしたくなかったためかもしれねえな……。

目を閉じ、中兵衛はそんなことを考えた。

三

目を開けると、近くに萩右衛門の顔があった。ここ一年でだいぶ老けたようだな、と中兵衛は思った。

町役人として、かなりの苦労が年輪のように重なっているのかもしれない。

「仁休には、相当の蓄えがあったはずだ。萩右衛門には、その蓄えを狙っていた者に心当たりはねえか」

「えっ、蓄えを……」

そのまま萩右衛門が絶句する。まさか、という顔だ。

「では藤森の旦那は、金目当てで仁休先生が殺されたとおっしゃるのですか」

「金目当てで仁休が殺された、という考え方もできる。そのくらいの感じだな」

苦笑とともに中兵衛は告げた。ああ、と萩右衛門が合点がいったような声を発した。

「藤森の旦那としては、さまざまな筋立てを考えなきゃいけないってことですね」

「そういうこった」

中兵衛は首を大きく縦に振った。

「それでどうだ、萩右衛門。仁休の蓄えに、興を抱いた者がいなかったか」

下を向き、萩右衛門が眉間《みけん》に深いしわを寄せる。助け舟を出すように中兵衛は優しく語りかけた。

「例えば、冗談めかして、仁休先生は相当貯め込んでいるんでしょうねえ、というようなことを口にした者はいなかったか」

萩右衛門が面を上げる。

「患者がほとんど来ないのに、山鯨をよく食べていることから、かなりの蓄えがあるんだろうな、とは手前も思っていましたが……」

うつむいたまま萩右衛門がさらに考え込む。そういえば、といって顔を上げた。

「だいぶ前のことですが、仁休先生に、どうやって大金を貯め込んだんですか、と煮売り酒屋できいた者がいましたねえ」

確かに、仁休がどうやって相当な蓄えをつくったのか、というのは大きな疑問で、中兵衛も気にかかっていたことだ。

「そいつは誰だ」

語気鋭く中兵衛はたずねた。

「垣太《かきた》という者です。しかし藤森の旦那、垣太が仁休先生を殺すことはできませんよ」

萩右衛門にいわれて中兵衛は、ぴんと来た。

「その垣太という男は、もう鬼籍に入っているのか」

「さようにございます。二年ばかり前に肝の臓の病で逝ってしまいました」

悲しげに萩右衛門がいった。

「仁休の蓄えについて、垣太以外に興を抱いた者はいねえか」

「垣太の場合は、酔いに任せて仁休先生にきいた感じでした。仁休先生の財産に興を抱いた者はいくらでもいたでしょうが、仁休先生にきいた者は、目にしたことがありません」

――しかし、金をたんまり持っていると、仁休を知る者のほとんどは、わかっていたわけだな……。

やはり仁休は殺されたのだろうか。

――今次はどうだろうか。

いきなり手習子に去られて、暮らしに窮していたはずだ。それに月に四、五回、仁休の医療所で碁を打っていて、財産の隠し場所も知っていたかもしれない。

――今次に会って話を聞いてみるか……。

その前に萩右衛門にきいておくべきことがないか、と中兵衛は頭を巡らせた。そういえば、と思い当たることが一つあった。

「萩右衛門。仁休はいつからこの町で暮らしていた」

「ええと……あれは――」

首を傾げて萩右衛門が思案の顔になった。

「かれこれ十五、六年はたつんじゃないでしょうか。――ああ、きっちり十五年前ですね。あの年は春に大風があり、この町の何軒かの家が潰《つぶ》れてしまったんですよ。仁休先生はその頃、越してきました。まちがいありません」

　そうまで断言できるのなら、萩右衛門の記憶は確かなのだろう。

「仁休がどこから越してきたかわかるか」

「さて、あれは……」

　顔をしかめ、萩右衛門が途方に暮れた表情を見せる。

「潰れた家の後始末をしなければならず、たいそう忙しかったもので、仁休先生自身のことはろくに覚えておりません。人別送りはちゃんとされていた気がいたしますので、人別帳さえ見れば、仁休先生がどこからやってきたか、しかとしたことがわかるのではないかと存じます」

　確信のある顔つきで萩右衛門がいった。

「ならば、人別帳を見せてくれねえか」

「承知いたしました」

　中兵衛をまっすぐ見て萩右衛門が快諾する。

「藤森の旦那《だんな》、相済みませんが、うちに来ていただけませんか」

「もちろん行かせてもらう」

歯切れよく答えて中兵衛は、足取りも軽く歩きはじめた萩右衛門の後ろに続いた。善八もついてくる。

萩右衛門の家は、仁休の医療所から半町ほどの場所にあった。かなり大きな二階屋で、表通りに面していた。

以前はここで油問屋をしていたらしいが、とうに商売をやめ、今は貸家の賃料や地代などで暮らしているそうだ。

まだ油のにおいがほんのり残っている家に入った中兵衛と善八は客座敷に通され、出された座布団にありがたく座した。

女中が持ってきた茶をおいしくすすっていると、失礼いたします、と人別帳を手に萩右衛門が敷居をまたぎ、中兵衛の向かいに端座した。

「仁休の人別は知れたか」

湯飲みを茶托《ちゃたく》に戻した中兵衛はすぐさま質《ただ》した。

「わかりましてございます」

萩右衛門が小さく頭を下げ、人別帳を開いてみせる。

「仁休先生がこの町に越してくる前の住所は、本所三笠町《ほんじょみかさちょう》一丁目になっておりました」

「そうかい、仁休は本所にいたのかい……」

三笠町というとどこだったかな、と中兵衛は頭に地図を広げた。

横川《よこ》に架かる長崎橋《ながさき》から西へ入ったところにある町だ。一丁目と二丁目があり、一丁目のほうが倍以上、広い。

「いえ、それがそういうことではなかったようでございます」

萩右衛門が妙なことを口にした。

「そいつはどういう意味だい」

すかさず中兵衛はきいた。

「本所三笠町一丁目というのは仁休先生が住んでいたところではなく、口入屋の住所ではないかと思います。ここに小さく口入西木屋《にしきや》と記してあるのは、そういう意味なのではないかと……」

萩右衛門が、人別帳を中兵衛に見えるようにした。

腰を浮かせ、中兵衛はのぞき込んだ。確かに、西木屋についての注記がある。

ということは、と座布団に尻《しり》を戻して中兵衛は考えた。

「仁休は、どこかに奉公するに当たり、本所三笠町にある西木屋に請人になってもらったということか」

はい、と萩右衛門が深くうなずいた。

「おそらく、どこぞの武家屋敷に中間奉公したのではないかと。その後、中間奉公をやめ、こちらに移ってきたのではないかと思うのですが……」

自身も茶を喫して萩右衛門が話を続ける。

「その中間奉公は、かなり短かったのではないでしょうか。この人別帳によれば、西木屋さんが仁休先生の請人になったのは十六年前の十一月、仁休先生がこの町に越してきたのは、明くる年の二月になっていますので……」

なるほどな、と中兵衛は相槌《あいづち》を打った。

「仁休は、せいぜい三月ばかりしか中間奉公をしなかったというんだな。なにゆえそんな真似をしたのだろう」

中兵衛の中ですでに答えは出ていたが、あえて口にしてみた。

「おそらく、新たな人別を得るためではないでしょうか」

萩右衛門が、中兵衛の考えた通りのことを口にした。

うむ、と中兵衛は顎《あご》を上下させた。

「それしか考えられねえな」

西木屋を頼った時点では、仁休は無宿者だったのだ。無宿となるには家出や逃亡、駆落、勘当、放逐などの理由がある。

仁休はなぜ人別を外れたのか。多分、五つのうちのどれかに当てはまるはずだ。人別から外れると、公儀が治安維持のために行っている無宿狩りに遭う可能性が出てくる。もしそれで捕らえられれば、大川《おお》河口にある石川島《いしかわじま》の人足寄場行きとなる。

一度、人足寄場に送られると、手に職をつけるために、三年もの月日をそこで過ごさなければならなくなる。

もし人足寄場を脱走して捕まれば、即座に獄門に処される。

ほんの三月だけでも口入屋の周旋を受けて中間奉公をすれば、無宿を脱し、人足寄場行きを免れられるのだ。

わずかな期間の奉公に耐えさえすれば、出直しが利くことになる。無宿人として公儀に捕まることとは雲泥の差であろう。

――なにゆえ仁休はそんな真似をしたのか。

最も考えやすいのは、仁休はよその土地で悪事を働いて江戸へ逃げてきたということだ。そのために、人別から外れたのではないか。

――その悪事で得た金を、これまで大事に使ってきたということか……。

それなら、仁休が人目を避けるようにひっそり生きてきたのもわかるというものだ。

だが、十五年にわたる深川常盤町での仁休の暮らしは、昨晩であっさり終わりを告げた。

——仁休に強いうらみを持つ者が居どころをつかんで復讐《ふくしゅう》を果たし、焼き殺した。

そういうことなのか。

そういえば、と中兵衛は思い出した。

——俺を見ていたあの男が、仁休を狙っていたのではあるまいか……。

仁休を殺したのち、あの男は町方の探索ぶりを探るためにあの場から、こちらをじっと見ていたのではないか。

もしそうなら、近づこうとした中兵衛を目の当たりにして、あわてて逃げ出したのも当然であろう。

——あの男を捕まえそこなったのは大きなしくじりだ。

くそっ、と心中で中兵衛は毒づいた。

むろん、あの男はこの事件にはなんら関係ないかもしれない。

——だったら、やつは何者だい。

仁休と関わりがある者であるのは、まちがいないのではないか。

――仁休の経歴を、なんとしても知らなきゃなるめえ。

萩右衛門、と中兵衛は呼びかけた。

「西木屋を頼る前、仁休がどこに住んでいたか、わかるか」

いえ、と萩右衛門が残念そうに首を横に振った。

「この人別帳では、申し訳ないのですが、そこまではわかりかねます」

「まあ、そうであろうな」

萩右衛門は人別帳を見れば仁休の出身がわかるようなことをいっていたが、中兵衛は、人別帳には載っていねえかもしれねえ、となんとなく考えていた。そのために落胆はなかった。

「しかし、端《はな》から仁休とは名乗っていなかったはずだ。本名はなんというんだ。人別帳に載っているだろう」

はい、と答えて萩右衛門が人別帳を見直すようにした。

「これによりますと、仁休先生の本名は豪左衛門《ごうざえもん》さんというようでございます」

――医者になるに当たり、なにゆえ仁休という名を選んだのか。それよりも、仁休こと豪左衛門はいったいどこからやってきたのか。

なんとなく、上方《かみがた》ではないのか、という思いが脳裏をよぎったが、仁休には上方訛は一切なかった。どこか柔らかな語り口調だった。

とにかく、と中兵衛は思った。

――あの黒焦げの死骸《しがい》が誰なのか、なんとしても突き止めなきゃならねえ。

今から西木屋に行くべきか、と中兵衛は思案した。主人か、あるいは豪左衛門の奉公を担当した番頭にじかに話を聞けば、どういういきさつで仁休が中間奉公をやめ、その後この地にやってきたか、詳細がわかるのではないか。

――だが、その前に今次に会っておくほうがよかろうな。

暮らしに窮した今次が金目当てに仁休を殺害したということは、十分に考えられるのだ。もし仁休が殺されたのだとしたら、いま最も濃い疑いがかかっている男といってよい。

中兵衛は萩右衛門に、今次の家の場所をたずねた。萩右衛門が、でしたらご案内いたしましょう、と身軽に立ち上がった。

道順を教えてもらえれば十分だったが、萩右衛門には人の役に立ちたいとの強い思いがあるように思えた。

中兵衛は、素直にその言葉に甘えることにした。

四

中兵衛たちは萩右衛門の家を出た。

「今頃は、手習がはじまった頃か」

強くなってきた陽射しを横顔に浴びながら中兵衛は、前を行く萩右衛門に問うた。いま刻限は五つを過ぎたくらいだろう。

「そうなんでしょうが、今次さんは暇を持て余しているのではないでしょうか」

「本当に、一人も手習子がいなくなっちまったんだな」

はい、と萩右衛門がうなずく。

「気の毒なことに、まさに根こそぎという感じでございますよ」

どんな教え方や接し方をすれば、と中兵衛は思った。そんな風になってしまうのか。

——どんなに嫌われたとしても、いくらなんでも一人や二人の手習子は残ってもよさそうなものだが……。

今次の家は、萩右衛門の家から一町ばかり離れた場所にあった。道を挟んだ向かいに、長屋門を持つ旗本屋敷があたりを睥睨《へいげい》するように建っていた。

武家屋敷としては若干、狭いように思えないでもないが、ここは番衆の一つである大番組《おおばんぐみ》を束ねる大番頭《おおばんがしら》であり、五千石もの知行をいただく小笠原加賀守《おがさわらかがのかみ》の屋敷だ。

旗本の中でも屈指の大身だけに、小笠原加賀守は内藤新宿《ないとうしんじゅく》にも屋敷を持っているという。そちらが上屋敷に当たり、こちらは下屋敷として使っているようだ。

ごめんなさいよ、と断って枝折戸を開け、萩右衛門が遠慮なく庭に入っていく。

「今次さん、いるかい」

足を止めた萩右衛門が、閉め切られている腰高障子に向かって言葉を投げた。

「どなたですか」

少し間を置いてしわがれた声がし、腰高障子が重たげに開いた。

顔をのぞかせたのは、三十代半ばと思える男だ。物憂げな表情をしている。

――なんて生気のない男だい。

これも、手習子をすべて他の手習所に奪われたせいなのか……。

「ああ、今次さん、いたかい」

濡縁《ぬれえん》の前に立ち、萩右衛門が小さく笑いかけた。

「萩右衛門さん、おはようございます」

萩右衛門を認めて挨拶《あいさつ》をした今次が中兵衛に気づき、大きく目を見開いた。すぐに表情を平静なものにしようとしたようだが、動揺があまりに大きかったらしく、その試みはうまくいかなかった。今も目が、きょときょとと落ち着かない。

——こいつは怪しいぜ。まちがいなく、なにか悪さをしている者の顔だ。

定町廻りとしての直感に、中兵衛は自信を持っている。

——この男が仁休を殺したのだろうか。

おや、と心中でつぶやいて中兵衛は今次の顔を見直した。この男にはどこかで会っていないか。

——まちがいなく会っているな。それも一度や二度じゃねえ。

だが、どこで会ったのか、いくら頭を働かせてもさっぱり思い出せない。

——くそう、いらいらするぜ。

こんなに思い出せないのも、歳のせいだろうか。

「あ、あの、町方のお役人が、いったいどんな御用でございますか」

唇をわななかせて今次が確かめる。そのあわてふためいた様子に、萩右衛門も驚いたようだ。

「今次さん、大丈夫かい」

「えっ、ええ、もちろんですよ」

言葉をつっかえさせて今次がいい、濡縁近くの敷居際に端座した。

「し、しかし、な、なぜ町方のお役人が、うちにいらしたんですか」

今次は、今も気持ちを必死に落ち着かせようとしているようだ。

──こいつが仁休を殺した下手人なら、すんなり一件落着ということになるが……

…。

「こちらは定町廻りの藤森さまとおっしゃるのだが、今次さんに話を聞きたいということなので、お連れしたんだ」

「て、手前に話を……」

怯《おび》えたような顔で、今次がごくりと喉仏《のどぼとけ》を上下させた。

「あの、いったいどのようなことでしょう」

青い顔の今次が、警戒感を露《あら》わに中兵衛にきく。

足を大きく踏み出し、よっこらしょ、といって中兵衛は濡縁に腰を下ろした。日光が当たっている割に濡縁は冷たく、むう、と声が出そうになったが、なんとかこらえた。

中兵衛は、横に座る今次をじっと見た。やはりどこかで会ったことがある。だが、記憶は一向によみがえってこない。

——話をしているうちに、自然に思い出すだろう。

中兵衛は軽く咳払《せきばら》いをした。

「仁休の医療所が火事になり、焼け焦げた死骸が一つ出た。知っているな」

「ええ、存じています」

中兵衛を控えめに見て今次が首肯した。

「そのことを誰から聞いた」

「えっ、ああ、隣のおりんさんです」

「おりんというのは」

「納豆の行商をしている葉七《ようしち》さんの女房です」

「そのおりんから、いつきいた」

「今朝、この家に帰ってきたときに聞きました。昨晩の火事がこの町で起きたと知って、びっくりしました」

朝帰りだったのかい、と中兵衛は思った。今次が昨夜どこへ行っていたのか、気になるところだが、そのあたりは追々明らかにしていくことになるだろう。

「その死骸《しがい》が誰なのか、おめえにわかるか」

えっ、と今次が意外そうな声を発した。

「あるじの仁休先生ではないのですか」

「まだそいつは、はっきりしていねえんだ」

「ああ、そうなのですか……」

中兵衛に仁休のことをきかれたことで、今次は逆に気持ちが静まったように見える。

——なんだ、これは。こいつは仁休殺しには関わっていねえのか。なにかほかの悪さをしており、そちらがばれて俺が来たとでも思ったのか……。

「仁休と親しかったそうだな」

「ええ、碁敵でしたので……」

口調は穏やかで、今次はすっかり落ち着きを取り戻したように見える。

「おめえ、仁休から金を借りたことはあるか」

「えっ、お金ですか。いえ、一度もありません」

中兵衛は今次を凝視した。中兵衛に見据えられたが、今次は眉《まゆ》一つ動かさなかった。

——どうやら嘘はいってねえみてえだな。

「おめえ、金に困っているんじゃねえのか」

少し身を乗り出して中兵衛はずばりきいた。

「ええ、少し困っています」

今次があっさり認めた。

「そいつは、手習所からすべての手習子が消えちまったせいだな」

「ええ、みんな、新しくできた手習所に取られちまいました」

「なぜそんなことになったんだ」

中兵衛に問われ、今次が途方に暮れたような顔をした。

「それがどういうことなのか、手前にはさっぱりでして……。とどのつまり、手前の教え方が悪かったってことなんでしょう。手習子を叱りつけるようなことは、ただの一度もなかったのですが……」

手習の最中、手習子が騒いだり、ふざけ合ったり、いたずらを繰り返したりしたとしても、黙って見守るのが手習師匠の務めだといわれている。

親から躾《しつけ》のすべてとはいわないまでも、ある程度は任せられている以上、厳しくするところはしなければならないが、手習子を伸び伸び育てるというのが、どの手習所も本分とするところだ。

——この男、手習師匠としての根本はわかっていたんだな。だったら、なにゆえ手習子がすべて離れていったんだ……。

「おめえ、ここで手習所を開く前に、手習師匠の経験はあったのか」

「いえ、ありませんでした。ここで初めて手習所を開きました」

やはりそうか、と中兵衛は思った。なんとなくそんな気がしていた。

「手習所を開いたのは、いつのことだい」

「四年ばかり前です……」

「なぜ手習師匠を選んだ」

「手習師匠なら自分でもできるのではないか、と思ったものですから……」

なんだと、と中兵衛は思った。そんな生半《なまなか》な気持ちでうまくいくはずがないではないか。結局はこの男の情熱のなさが、今回のしくじりにつながったのではあるまいか。

「手習所を開くに当たり、手本となるような人はいなかったのか」

「はい、別にいませんでした……」

少し不思議そうな顔で今次がいった。

「手習子たちが立派な人物になれるよう、導いてあげようという意気込みはなかったのか」

語気が荒くなるのを感じ、中兵衛は言葉を止め、深呼吸した。

「もちろんありました。その信念なしで、手習師匠は務まらないと思いましたので
……」

「そうかい。――おめえ、歳はいくつだ」

今次を見つめて中兵衛はたずねた。

「三十五です」

生気は相変わらず感じられないが、歳相応の顔つきをしているようには思えた。

「独り者か」

「さようで」

「女房を迎えたことは一度もねえのか」

「はい、ありません。なかなか縁がないもので……」

「手習所を開く前は、なにを生業《なりわい》にしていた」

顔を少し近づけて中兵衛はなおもきいた。

「駄菓子屋をやっておりました。秋から冬はおでんを供していました」

その駄菓子屋で、この男を見たのだろうか。駄菓子屋の客は多くが子供だが、そ

れに混じって中兵衛はよく買物をするのだ。

——足を運んだことがある駄菓子屋なら、あるじの顔くらい、さすがに覚えていそうなものだが……。

「おめえ、駄菓子屋以外になにかしていなかったか」

中兵衛にきかれ、ついに来たか、と今次が覚悟を決めたような顔になった。

「下っ引をしておりました」

「なんだとっ」

中兵衛は頓狂《とんきょう》な声を上げた。下っ引とは、岡っ引の手足となって探索のためのさまざまな調べを行う者だ。

——だから、こいつの顔に見覚えがあったのか……。

ようやく腑《ふ》に落ち、中兵衛は気分がすっきりした。

「下っ引だったのなら、誰か親分に仕えていたんだな。誰の下で働いていたんだ」

「貴之丞《たかのじょう》親分です」

むろん中兵衛は知っている。貴之丞は中兵衛の同僚の岡っ引として長年働いていたが、四年前に卒中であの世へ行った。面倒見のよい親分だった、と聞いている。

「貴之丞が死んだためにおめえは下っ引をやめ、手習所を開いたのか」

「さようです」

貴之丞のことが頭をよぎったか、今次が少し寂しそうな顔になった。

「駄菓子屋はどうした」

「あそこは、貴之丞親分の家作でした。親分が亡くなり、自分は借り続けることができなくなりました」

——貴之丞の跡は誰が継いだのだったか。

考えるまでもなく答えは出た。

「桐之助《きりのすけ》が次の親分になったんだったな」

今次と同じく、貴之丞の下っ引だった男である。

中兵衛の言葉に、今次が苦い顔になる。

「おめえは、桐之助の下っ引にはならなかったんだな。桐之助の下風に立つのがいやだったか」

おっしゃる通りで、といかにも忌々しげな表情で今次が顎《あご》を引いた。

「前から馬が合いませんでしたし、歳下なのに桐之助は威張っています。いずれ、ひどい仕打ちを受けるのが目に見えておりましたので、そうなる前に自分から身を引きました」

なかなか潔いじゃねえか、と中兵衛は少し感心した。

「それでこの町にやってきたのか」

さようで、と今次が首を縦に振った。

「それまでの蓄えもあったもので、手習所をするために越してきました」

「この家は、おめえの持ち物じゃねえよな」

「はい、借家です。そちらの萩右衛門さんの家作なんです」

そうだったのかい、と中兵衛はいって萩右衛門にちらりと目を当てた。萩右衛門が小さく笑みを見せる。

中兵衛は今次に眼差《まなざ》しを注いだ。

「実は、仁休は殺されたんじゃねえか、と俺はにらんでいる」

どすの利いた声を中兵衛はわざと出した。

「ええっ、まことですか」

信じられないという顔で今次が瞠目《どうもく》する。その仕草になんとなく芝居めいたものを感じ、中兵衛は胸中で眉《まゆ》をひそめた。その思いを顔には出さず、話を進める。

「仁休を殺した下手人は、おめえじゃねえか、と俺は疑っているんだ」

げえっ、と今次が喉《のど》の奥から声を出した。

「いえ、手前は仁休先生を殺してなど、いません」

真剣な面持ちで今次が言い募る。今度は表情に、わざとらしさはなかった。

――どうも、わけがわからねえ野郎だな。つかみどころがねえというか……。

「昨晩、おめえはどこでなにをしていた」

今次がすらすらとしゃべり出す。

「昨晩は、ずっと本所　林町《はやしちょう》におりました」

――これがこいつの朝帰りの理由《わけ》かい……。

本所林町というとどのあたりだったか、と中兵衛はまた地図を頭に広げた。

深川常盤町からだと、北へまっすぐ十町ほど進み、竪《たて》川に架かる二ツ目《ふための》之橋の手前の角を東へ折れて、一町ほど行ったところにある町だ。

竪川沿いに東西にのびる本所林町は一丁目から五丁目まであり、大勢の町人が暮らしている。町には活気があり、賑《にぎ》わっている。

「本所林町で、なにをしていた」

「飲み屋におりました」

今次がすんなりと答える。

「なんという飲み屋だ」

「本所林町二丁目にある春野玉《はるのたま》という店です」

「春野玉かい。それはまた変わった名だな」

その名になんとなく淫靡《いんび》さめいたものを感じ、中兵衛はすぐにきいた。

「女を抱ける類《たぐい》の店か」

えっ、と今次が言葉に詰まる。

「売色は吉原《よしわら》以外の場では法度だが、別にそのことでおめえを咎《とが》めるつもりはねえんだ。もしおめえが仁休を殺しているなら、そんな店に行ったかどうかなど、些細《ささい》なことでしかねえからな」

いえ、といって今次が真剣な目を中兵衛に向けてきた。

「手前は、本当に仁休先生を殺してなどおりません」

「春野玉という店は女を抱ける店なんだな」

だめを押すように中兵衛はいった。

「さ、さようで……」

うなずきながら今次が下卑た笑いを見せた。その顔は、とても手習師匠をしている男には見えなかった。

――このあたりのいやらしさを、手習子たちは嫌っていたのかもしれねえな。

まさか、と中兵衛は不意に思った。

――この男、手習子に好色な真似をしたんじゃ、ねえだろうな。

だが、もしそんな悪行を行ったとすれば、手習子が親に訴えることで、今次がそういう男だという噂が瞬く間に広がる。もちろん萩右衛門の耳にも届くはずだ。

萩右衛門がそれを聞いていないということは、今次はさすがにそこまでのことはしていないのだろう。

そういえば、と中兵衛は思い出した。ほかの手習所で手習師匠が数人の手習子にいたずらをしていたことが露見し、親たちに袋叩《ふくろだた》きにされるという一件が二年ばかり前にあった。

目の前に座る今次が、親たちの制裁を受けていないのは明らかだ。つまり、なにか別の理由で手習子たちは今次の手習所を去っていったのだろう。

急に黙り込んだ中兵衛を、どうしたのか、という目で今次が見ている。中兵衛は濡縁《ぬれえん》の上の尻《しり》を少し動かした。

「昨日は一晩中、春野玉にいたというんだな」

はい、と今次が明瞭《めいりょう》に答えた。

「春野玉には、いつからいつまでいたんだ」

「店に入ったのは夜の五つ頃で、明け六つを少し過ぎた頃に出ました」

「この家に帰ってきたのは、いつのことだ」

「途中、朝早くからやっている一膳飯屋《いちぜんめしや》に入りました。そこで朝餉《あさげ》をとってから帰ってきたので、もう六つ半を過ぎていたと思います」

「その一膳飯屋はなんというんだ」

「えっ、あの店はなんといいましたか……。済みません、覚えておりません」

「町はどこだ」

宙を見上げて今次が首をひねる。

「あれは、深川北森下町《きたもりしたちょう》じゃないかと思うのですが……」

では、と中兵衛は問いかけた。

「さっき帰ってきたようなものか」

「そういうことになります」

今次は寝入り端《ばな》を叩《たた》き起こされたも同然になるのか。ならば、あの生気のない表情も、もっとものような気がしないでもない。

「もう一度きくが、春野玉には一晩中いたんだな」

確認のために中兵衛は問うた。

「さようです」

「途中、春野玉を抜け出たなんてことはねえのか」

「滅相もない」

今次が勢いよくかぶりを振る。

「決してありません」

「おめえ、仁休が殺されたとしたら、昨夜だってことがわかっているようだな」

「それはわかります。だって、昨日の夕刻まで仁休先生と碁を打っていましたから」

そういうことかい、と中兵衛は思った。

「春野玉にずっといたことを証《あか》してくれる者はいるのか」

声に迫力をにじませて中兵衛はたずねた。

「おります」

ためらいなく今次が言い切った。

「誰だ」

「雲雀《ひばり》といいます」

今次が話を続ける。

「昨晩は、その雲雀と同じ寝床でずっと過ごしました。目が覚めるたびに睦《むつ》み合うということを繰り返していましたし、火事を知らせる半鐘も寝床で一緒に聞きました」

与六という大工が仁休の医療所のそばを通りかかり、火が出ていることに気づいたのが九つを少し過ぎた頃だった。与六はすぐさま自身番に駆け込んだらしいから、間を置かずに半鐘は鳴らされたはずだ。

春野玉を密《ひそ》かに抜け出して十町以上の距離がある深川常盤町一丁目まで行き、仁休を殺して医療所に火をつけたのち、再び本所林町二丁目に戻って、なに食わぬ顔で雲雀という女とともに半鐘の音を聞くというのは、まず実現できない芸当であろう。

今次の言葉が本当であるなら、この男は仁休を殺していない。

——あとで春野玉に行き、雲雀という女に確かめなきゃならねえな。他の奉公人からも、しっかり話を聞かなきゃなるめえよ。今次が雲雀に口を合わせるよう、言い含めたかもしれねえし……。

「雲雀はおめえの馴染《なじ》みか」

「はい、さようで」

雲雀の肉体でも思い出したか、またしても今次が卑しい笑いをのぞかせた。

――それなら、なおのこと、他の奉公人に話を聞かなきゃなるめえよ。

「わかった」

中兵衛は今次に合点してみせた。

「しかしおめえ、金に困っているってえのに、女は買えるんだな。しかも馴染みというくらいだから、足繁く通っているんだろう」

「えっ、ええ、まあ……」

笑いを引っ込めて今次が、言葉を濁すような答え方をした。

「そのくらいの蓄えは、まだなんとかありますので……」

「だが、これからの暮らしを考えたら、無駄遣いはできねえんじゃねえのか」

はい、といって今次が唇を噛《か》み締める。

「お役人のおっしゃる通りです。実を申せば、春野玉に行くのは、昨日が最後と決めておりました」

「雲雀という女と馴染みになるくらいだから、春野玉には月に十日は通っているのか」

「とんでもない」

今次が顔の前で手を振る。

「月にせいぜい一度が精一杯です。足繁く通えるほど安くはない店ですので……」

その程度の頻度なのに、火事が起きた晩に春野玉に一晩中いたとは、出来すぎなのではないだろうか。

自分はこたびの犯罪に加担できる場所にはおりませんでした、と声高に宣している感じが、いかにもわざとらしい。

この野郎は、と思って中兵衛は今次をじっと見た。

――自分が疑われることが端からわかっていたのか。それで、すぐさま疑いが晴れるよう、あらかじめ春野玉にその日は行くことにしていたのか。

じかに仁休に手を下していないにしろ、この男がなんらかの形で、こたびの火事に関わっているのではないか、との疑いは中兵衛の中では晴れない。いや、むしろ濃くなっている。

「よし、別の問いだ」

今次を見つめて、中兵衛は声高に告げた。まだ終わらないのか、と今次がうんざりしたような表情をわずかに見せた。

今次をねめつけるや、中兵衛は構わず質問した。

「仁休の出自を知っているか」

「えっ、仁休先生にきいたことはないのですが、江戸ではないのですか」

びっくりしたように今次が問い返す。なんとなくだが、幾分か大袈裟《おおげさ》な顔つきであると中兵衛は感じた。

「どうやらそうではないようだ」

中兵衛は首を横に振った。

「十五年前に、どこからか深川常盤町へやってきたらしい」

「ああ、そうだったのですか。それは知りませんでした」

今次が目を丸くした。そのさまにも、どこか不自然な感じがあった。

——こいつ、仁休がどこの出か、本当は知っているんじゃねえのか……。

「仁休とは月に四、五度、碁を打っていたんだろう。それが少なくとも二、三年は続いたはずだ。そのあいだ、いろいろ語り合ったんじゃねえのか。その中で、互いの出自の話も出ただろう」

「いえ、そのような話は一度も出ませんでした。仁休先生の生まれがどこか、手前は存じません」

今次が乾いた声で告げる。

「本当だろうな」

脅すような口調で中兵衛はいった。

「はい、本当です」

下を向いて今次が答えた。そうかい、と中兵衛はいった。

「仁休はかなりの蓄えを持っていたはずだ。どこでそれだけの蓄えをこしらえたか、それについてはどうだ」

「存じません」

今次が即答した。目を光らせるような思いで、中兵衛は今次をじろりと見た。

「本当です。本当に知りません」

その否定の仕方が、またしても作り事めいているように中兵衛は感じた。

――なにが嘘で、なにが本当なのか、さっぱりわからねえ……。

「おめえが仁休と知り合ったのは、病を診てもらったからか」

「はい、さようで」

中兵衛をうかがうような目で見て、今次が肯定する。

「おめえも、仁休が藪《やぶ》だってことは知っていたんだろう。それなのに診てもらったのか」

はい、と今次がうなずいた。

「三年ばかり前でしょうか、夜中に急に腹痛に襲われまして、どうにも耐えきれず、ここからいちばん近い仁休先生の医療所を訪ねました」

「ふむ、それで」

顎《あご》をしゃくって中兵衛は先を促した。

「仁休先生は酒を飲んでいる様子でしたが、手前を招き入れ、診てくれました。腹がかなり冷えているといって、葛根湯《かっこんとう》を飲ませてくれました」

「腹痛に葛根湯かい」

葛根湯といえば、風邪の引きはじめに効き目を発揮することで知られている。腹痛にいいとは一度も聞いたことがない。

「仁休先生によると、葛根湯には体を温める成分がたくさん入っているので、冷えによる腹痛によく効くのだそうです」

「ほう、そうなのかい。葛根湯は風邪だけじゃねえんだな」

半ば感心して中兵衛はいった。

「ええ、先ほども申しましたが、体を温める力が強いので、いろいろな症状に効くようですね」

「それで、腹痛は実際に治ったのか」

「すぐに治りました」

元気のよい声で今次が答えた。

「藪との評判でしたが、意外にしっかりしたお医者であるのがわかり、それからときおり足を運ぶようになりました。代はよそよりだいぶ高かったのですが、いつも空《す》いていて気兼ねがなかったものですから……」

「最初に腹痛を診てもらったときは、いくらだったんだ」

「二両です」

躊躇《ちゅうちょ》のない調子で今次がいった。

「なにっ」

近所の者が寄りつかねえわけだ、と中兵衛は納得した。葛根湯を処方されただけで二両とは、いくらなんでも高すぎる。

「よく払えたな」

「はい、その頃は手習所もうまくいっていましたし……」

寂しげな顔つきで今次がいった。

「碁敵としての付き合いも、仁休に診てもらっているうちにはじまったのか」

ええ、と今次が顎を引いた。

「あるとき医療部屋に碁盤が置いてあるのを目にしまして、仁休先生に、碁がお好きなんですか、ときいたところ、そうだ、との返事がありました。手前も好きだといったところ、気が向いたときにでも一丁やるか、という話になりました。それから、手習所が休みの日などに碁を打つようになりました」

「そういうことだったのかい」

中兵衛は相槌《あいづち》を打った。なにかまだ今次にきくべきことがあるか、と自問した。別に思い浮かぶようなことはなかった。ときを取らせた詫《わ》びの言葉を述べて中兵衛は立ち上がった。今次があからさまに安堵《あんど》の表情を浮かべる。

それを尻目《しりめ》に庭を歩いて中兵衛は枝折戸を開けた。外に出て、伸びをする。

——今次は怪しいが、仁休を殺してはいねえようだな……。

あの、と後ろについてきた萩右衛門が中兵衛にたずねる。

「まだほかに、手前がお役に立てることはございますか」

「いや、もういい。いろいろと手間をかけたな。萩右衛門、助かった」

「さようにございますか……」

「火事場の仏だが、棺桶《かんおけ》に入れて自身番で預かっておいてくれねえか」

「あの仏が仁休さんとは、まだ断定できないのでございますすね」

「ああ、できねえ。限りなく仁休なのではないかって気は、しているんだが……」

渋い顔で中兵衛は答えた。

「できるだけ早く仏の身元は明かすつもりだから、知らせを待っていてくれ」

「承知いたしました。では、手前はこれにて失礼いたします」

丁寧に辞儀して萩右衛門が歩き去っていく。

「旦那《だんな》、これからどうしますか」

中兵衛の横に立って善八がきく。

「春野玉に行くつもりだ」

低い声で中兵衛は伝えた。

「わかりました。店があるのは、本所林町二丁目でしたね」

そうだ、と中兵衛はいった。

「では、まいりましょう」

軽く肩を揺すって善八が歩き出す。そのあとに中兵衛は続いた。

五

深川常盤町一丁目から四半刻《しはんとき》もかからずに、中兵衛は本所林町二丁目に足を踏み入れた。

朝方の寒さはとうに緩み、今は初夏らしい暖かさが戻ってきている。

全身が伸びやかになったのを感じつつ中兵衛は、大勢の者が行きかう道を足早に歩いた。

「善八、春野玉の場所はわかっているのか」

前を行く善八に、中兵衛は問いかけた。

「いえ、存じません」

前を向いたまま善八が答える。

「俺ももちろん知らねえ。自身番で場所をきくのが早えな」

本所林町二丁目の自身番は、竪川に沿って東西に延びる河岸の北側にある。

自身番の前に立った中兵衛は、首筋に浮いた汗を手ぬぐいで拭《ふ》いた。

——相変わらず狭いな……。

この町の自身番は、間口が九尺しかないのだ。隣町の本所林町一丁目の自身番は四間半もの間口があって、むしろ広すぎるくらいだが、よその町の自身番でも、だいたい二間から二間半あるのが普通である。

もっとも、九尺の間口だからといって、出入りに不自由さなどない。戸自体の幅は、しっかり半間あるのだ。

ごめんよ、と戸を開けた中兵衛は、一人だけ詰めていた町役人に春野玉の場所をきいた。

ここから南に戻る形で裏路地を二つほど折れたところにあるのが知れたが、店は当分、開かないとのことだ。

「あの店がはじまるのは、暮れ六つの鐘が鳴ってからですので……」

「いま店には誰もいねえのか」

いいえ、と町役人がかぶりを振る。

「いると存じます。ただし、この刻限ですと、ほとんどすべての者が眠っているのではないかと……」

「ならば、起きてもらうしかあるめえな」

町役人に礼をいって自身番をあとにした中兵衛は、善八の先導を受けて、教えられた通りの道をたどった。

「あれですね」

十間ほど先の建物に掲げられた看板を、善八が指さす。

「そのようだな」

春野玉は、生い茂った木々に隠れるようにひっそりと建っていた。

「こんなところに、女を抱かせる店があったとは……」

定町廻りとして深川と本所の見廻りをはじめて、すでに足掛け十年になろうとしているが、この店のことはこれまで知らなかった。

中兵衛が見廻りで通る道からかなり外れたところにあることも、関係しているのだろう。それだけでなく、春野玉の者ができるだけ店を目立たないように意図しているようなのも、その一因ではあるまいか。

――存分に葉を伸ばしている木々も、その役目を果たしているにちげえねえ。

「旦那、食指が動きましたか」

中兵衛をちらりと見て善八がきく。

「馬鹿いうな」

中兵衛は一喝し、右手の拳《こぶし》を善八に向かって振り下ろす仕草をした。あわてて善八が首を縮める。

「もしその気になったことが深咲《みさき》にばれたら、俺はどうなるか……」

渋面をつくって中兵衛はいった。

「地獄を見ることになりますか」

「なるだろうな」

妻の深咲は、とにかく悋気《りんき》持ちなのだ。中兵衛が女郎宿も同然の店に行ったのを知ったら、箒《ほうき》で容赦なくばしばし頭をはたいてくるのは、目に見えている。

――いや、それくらいで済むなら、まだましなほうかもしれねえ……。

「前に南岡《みなみおか》たちと澤部《さわべ》という煮売り酒屋に行っただけで、俺は散々な目に遭ったからな」

南岡というのは、中兵衛の一つ歳下の同僚である。

「いったいどんな目に遭ったんですか」

興味津々の顔で善八が問う。

「あれ、いってなかったか。木刀で尻《しり》を思いきり打擲《ちょうちゃく》されたんだ。あのときの俺の悲鳴は、八丁堀《はっちょうぼり》中に響き渡ったにちげえねえ」

「ご内儀は薙刀《なぎなた》の達人でしたね」

善八が中兵衛を同情の目で見る。

「ああ、相当の腕前だ。俺なんかじゃ相手にならねえくらい強いぜ」

「そのようなお方に尻を木刀で……。それはお気の毒でしたねえ。しかし旦那、澤部って酌をしてくれる女を何人か置いているだけですよね」

「その通りだが、その手の女はたいてい売色もするじゃねえか。それで俺が澤部に行ったのを知った深咲は、女を買ったと思い込んだってわけだ」

「そいつは災難でしたねえ。旦那はご内儀一筋だっていうのに……」

「まったくだ。そのときの深咲の思いちがいは、なんとか解けたからよかったが……」

「それはなによりでしたねえ」

善八がうれしそうに笑んだ。

「しかし、俺は尻を叩《たた》かれ損だ」

「ああ、そういうことになりますねえ」

振り返り、善八がうらやましそうな目を中兵衛に向ける。

「でも、それだけ焼餅《やきもち》を焼くということは、ご内儀は旦那にぞっこん惚《ほ》れていらっしゃるということなんですよねえ」

「まあ、そういうことになるんだろうな」

正直、中兵衛は満更でもない。

「手前もそんな女房がほしいですよ。旦那、早く見つけてください」

中兵衛を見つめて善八が懇願する。

「おめえは、ただ女とやりてえだけなんだから、それこそこういう店に来ればいいんだ」

「やりたいだけなんて、ひどいことをいわないでくださいよ。手前は女房になってくれる女性を生涯、心から慈しむ気でいるんですからね」

――ほう、そうだったのかい。

中兵衛は心の中で大きくうなずいた。

「その気持ちこそ、女房との仲がうまくいく秘訣《ひけつ》といってよかろう。一緒に暮らしていく上で、最も大事なことといっていい」

「手前は、かわいい女房に手前にそっくりのかわいい赤子を生んでもらうんですよ」

「ふむ、赤子かい。俺も、ほしいと思っているが……」

深咲と一緒になって三年たつが、今のところ懐妊の兆しは見えない。

「いつか生まれてくる子が旦那《だんな》に似ず、ご内儀にそっくりだったら、本当にいいですねえ」

「俺に似ても十分にかわいいだろうが」

いいえ、と善八が妙に力んだ顔でいった。

「手前はなんとしても、ご内儀に似てほしいと心から望んでおりますよ。でなきゃ、赤子がかわいそうですからねえ……」

「なんだ、善八」

すぐさま中兵衛は呼びかけた。

「最後のほうがよく聞こえなかったが、なんといったんだ。かわいそうとか、いわなかったか」

「いえ、かわいい、といったんですよ。ご内儀が生んだお子ならかわいい、と思いまして」

「そうかい。なにかごまかされたような気がしねえでもねえが、まあ、いいか」

そんなことをしゃべっているうちに、中兵衛は春野玉の戸口の前に来ていた。

生い茂る木々をよけた幾条かの陽射しが建物のところどころに当たっているが、そのためにむしろくすみ気味に見える二階建ての黒塗りの店は、無人の如き空虚な雰囲気を醸し出していた。実際、ひっそりとして物音一つ聞こえてこない。

「ごめんよ」

中兵衛は戸に手をかけて横に引いたが、心張り棒が支《か》ってあるのか、わずかにがたついただけで、戸は動かなかった。仕方ねえな、と思いつつ、どんどん、と戸を叩く。

しかし、なんの応《いら》えもなかった。構わずに叩き続けていると、ようやく戸越しに男の声で返事があった。

「済まねえが、店はまだなんでえ。暮れ六つからなんで、出直してくんな」

「客じゃねえんだ」

強い声音でいって、中兵衛は自らの名と身分を告げた。

「えっ、町方のお役人……」

臆病窓《おくびょう》が音を立てて開き、白髪の老人が顔をのぞかせる。中兵衛を見て目を見開いた。

「あの、どのような御用でございましょう」

老人の口調が丁寧なものになった。

「雲雀に会いてえんだ。話を聞かなきゃならねえんでな」

「雲雀さんは、いま寝ているんですが……」

「起きてもらうしかねえな」

一瞬、老人が不満そうな顔つきになったが、町方役人に逆らってよいことなどないと覚《さと》ったか、表情を和らげると、わかりました、といった。

「あの、どのようなご用件で、雲雀さんに会いたいとおっしゃるのでございますか」

「それは、雲雀にじかにいう」

さようにございますか、と老人がいった。

「では、いま起こしてまいりますので、しばしお待ち願えますか」

「ああ、よろしく頼む」

臆病窓が閉じられ、老人の顔が消えた。

やや強い風が五度ばかり中兵衛たちがいる路地を吹き抜けていったあと、老人の声が耳に届いた。

「お待たせしました」

今度はくぐり戸が開き、老人が外に出てきた。少し右足を引きずり気味であることに、中兵衛は気づいた。

「雲雀さんが待っておりますので、こちらにおいで願えますか」

老人にいわれ、中兵衛と善八はくぐり戸を入った。

かなり暗かったが、行灯《あんどん》が灯《とも》されているおかげで、中を見通すことができた。

中兵衛たちは横に長い土間に立っていた。目の前に一段上がった座敷が広がっている。

広さは二十畳ほどか。ここで客たちは飲み食いをするのだろう。たくさんの膳《ぜん》が壁に寄せられ、積み上げられている。

どこかごみが饐《す》えたようなにおいが漂っており、中兵衛は顔をしかめかけた。

──食い物を本業としていねえ店じゃ、こんなものかもしれねえな。

座敷に一人で端座している女がいることがわかり、中兵衛は目を向けた。

──あれが雲雀かい……。

雲雀とおぼしき女は橙色《だいだいいろ》の小袖《こそで》を羽織っていたが、その華やかな色合いがよく似合っていた。

──なかなかいい女じゃねえか。

この店では屈指の売れっ子なのではないだろうか。

「どうぞ、お上がりください」

老人の言葉に従って中兵衛は雪駄《せった》を脱ぎ、座敷に足をのせた。そのまま女に近づき、正面に座した。善八が中兵衛の斜め後ろに控えるように座る。

「おめえが雲雀かい」

女に目を据えて中兵衛はきいた。

「さようにございます」

さすがに雲雀という源氏名を名乗るだけのことはあり、玉を転がすような声だ。耳にすんなりとなじむ心地よさがあり、いつまでも聞いていたくなる。

頭の中で警戒の半鐘が不意に鳴るのを中兵衛は覚えた。

――狐のように人をたぶらかす声だぜ。魔性というのは、この女みてえ者をいうんじゃねえか……。

「どうぞ、お見知り置きを」

雲雀が中兵衛に向かって頭を深く下げた。その途端、白すぎるうなじが中兵衛の瞳《ひとみ》を撃った。こりゃ目の毒だぜ、と思った。

――たまらねえ色気がある女だな。今次がくらくらと惑っちまうのも、わかる気がするぜ……。

雲雀が面を上げた。化粧はほとんどしておらず、どこにでもいるような少女のようなあどけない顔立ちをしている。歳は、まだ二十歳に達していないのではあるまいか。

――ふむ、素面《すめん》かい。

寝ているところを無理に起こされて、不平そうな顔をしているかと思ったが、そんなことはない。雲雀は機嫌がよさそうに、にこにこしている。

「俺は藤森という。定町廻りだ」

「お初にお目にかかります」

また雲雀が低頭した。中兵衛は雲雀が顔を上げるのを待って質問した。

「さっそくきくが、昨晩、今次という男と一緒だったか」

はい、となんの迷いもなく雲雀が答えた。

「ずっと一緒でございました」

「途中、今次が部屋を抜け出たなんてことはなかったか」

「二度ほどありました」

「なに、まことか」

中兵衛は色めき立った。そんな中兵衛を見て雲雀が楽しそうに笑う。

「厠《かわや》に行ったんでしょう。今次さんはすぐに戻ってきました」

くそっ、と中兵衛は心中で毒舌をふるった。

「二度とも厠か」

「さようにございます」

雲雀が明快に答えた。

「今次が長く部屋を空けたというようなことはなかったか」

「ありません。二度の厠を除き、一晩中、布団の中で一緒でございました」

　そうかい、と中兵衛いった。

「この店は、名目《みようもく》としては煮売り酒屋なんだな。煮売り酒屋としての店はいつ閉めるんだ」

　雲雀から少し離れたところに端座している老人に、中兵衛はきいた。

「四つに閉めております」

「その後は、泊まり客だけを相手にするわけだな。泊まり客が勝手に外に出られぬように、してあるのか」

「いいえ、別にそういう風にはしておりません」

「ならば、自由に出入りできるんだな」

　さようです、と老人が肯定した。

「しかし、あっしがあそこにある小部屋に常におりますので、もし人の出入りがあれば、すぐにわかるようになっております」

　老人が、長い土間の突き当たりにある一角を指さした。確かに、二畳ほどの広さの部屋がしつらえられているのがわかる。

「おめえはあそこで寝泊まりしているのか」

さようで、と老人が答えた。

「ぐっすりと眠りこけて、客の出入りを見逃すっていうこともあるんじゃねえのか」

「とんでもない」

老人が目尻《めじり》のしわを深めて笑った。

「あっしはもう歳ですから、眠りはひどく浅いんですよ。ちょっとした物音で目が覚めちまいますから、人の出入りには必ず気づきます」

老人が自信たっぷりにいった。

「ふむ、そうなのかい……」

「お役人はまだお若くいらっしゃるので、眠りは深いんでしょうけど、あっしの歳になれば、よくわかりますよ。若い頃はよくあんなに眠れたものだって、あっしはいつも思いますからねえ。深い眠りを得るというのは、とうにあきらめておりますよ……」

「ふむ、そういうものかい。確かに、親父もおめえと似たようなことをいっていたな」

老人が、はっ、としたような顔になり、真剣な目で中兵衛をまじまじと見た。

「親父さんといいますと、もしや藤森忠左衛門《ちゅうざえもん》さまでございますか」

その言葉に中兵衛は驚いた。

「そうだ。よく知っているな」

「さようでございますか。あの忠左衛門さまの御子息でございましたか。気づかず、まことに失礼いたしました」

深く頭を下げてから、老人が曲がっている背筋をぴんと伸ばした。

「おめえ、親父の知り合いなのか」

さようにございます、と老人が張りのある声でいった。

「忠左衛門さまには、この命を救っていただいたのでございますよ」

「命を……。どういうことだい」

前のめりになって中兵衛は質《ただ》した。父からそんな話は一度も聞いたことがない。

「もう二十年ばかり前のことで、先ほど藤森さまという御名をうかがっても、すぐには思い出せませんでした。相済みません」

平伏するかのように、老人が深々とこうべを垂れた。

「いや、別に謝るほどのことじゃねえさ」

中兵衛は老人の顔を上げさせた。

「それで、なにがあったんだい」

はい、といって老人が唇をなめた。

「あっしは六四郎《ろくしろう》と申します。二十年前は日傭取《ひようとり》をしておりまして、その日その日を凌《しの》ぐように、なんとか暮らしを立てておりました」

うむ、と中兵衛はうなずいた。

「その日は、海近くの水路の底をさらう作業をしていました。水は深く、胸まで浸《つ》かって鋤《すき》を振るっていました」

「そいつは大変だな。そんな深い水の中で、鋤を振るうのはさぞきつかろう」

中兵衛は、そのときの六四郎の苦労を思いやった。

「慣れてはおりましたが、はい、とてもきつうございました」

いったん目を閉じてから、六四郎が再び話し出した。

「やがて潮が満ちてきて、首のあたりまで水が来るようになり、これ以上の作業は無理だという感じになったとき、不意にあっしの右足になにか重い物がのりました。激痛が走り、あっしは悲鳴を上げました」

「なにが足にのったんだ」

顔を突き出して中兵衛はきいた。

「大石です。底に鎮座していた大石があっしが鋤を使った弾みでごろりと転がり、足にのったんですよ。きっと流れにも押されたんでしょう。そのために、あっしは身動きができなくなりました」

「そいつはまずいじゃねえか。潮が満ちてきていたんだろう」

ええ、と六四郎がしわ深い顎《あご》を引く。

「仲間たちが次々に水にもぐって石をどかそうとしてくれたのですが、石のあまりの重さに、なかなかうまくいきませんでした」

目の前に本人がいる以上、六四郎が助けられたのは、はっきりしていることなのに、話を聞きつつ中兵衛は胸がどきどきした。

「それでどうなった」

「そこに、一人のお侍があらわれました」

そのときのことをまざまざと思い出したか、六四郎が目を輝かせた。

「黒羽織を羽織っていることから、町方のお役人であるのはあっしにもわかりました。仲間から事情を聞かれるや、どこかから縄を持ってこられ、それから褌《ふんどし》一枚になって水に飛び込まれました」

父上らしい振る舞いだな、と中兵衛は思った。人のためなら、文字通り、水火も辞さない男なのだ。

「そのときのあっしは、ますます潮が満ちてきたために、上を向いて口を水から出し、かろうじて呼吸ができている状態でした」

そいつは気が気じゃなかっただろうな、と中兵衛は思った。

「水に飛び込んだお役人はあっしのそばに一気に泳いでこられ、『いま助けてやるから待っておれ』とおっしゃって、濁った水にもぐられました」

その言葉を聞いて中兵衛は顔をしかめた。

「親父は力士のような力持ちだったが、さすがに一人で水底の大石をどかすのは無理じゃねえのか」

――ああ、それで縄か。そのことは父上もわかっていて、それゆえ縄を持ってきたのだな……。

「あっしもそう思いました。その上、水にもぐられたまま、お役人がなかなか浮び上がってこられないのです。あっしは、水中で溺《おぼ》れてどこかに流されてしまわれたのではないか、と心配いたしました」

「それでどうなった」

喉仏《のどぼとけ》を上下させて中兵衛は先を促した。

「水かさがさらに増してきて、もう駄目だ、とあっしがあきらめかけたとき、お役人の顔が急に目の前にあらわれました。鞴《ふいご》のように息を荒くさせていらっしゃいました」

ずっと水にもぐりっ放しだったのなら、そうなるのが自然だろう。

——しかし、よくそんなに息が保ったものだ。火事場の馬鹿力みてえなものか……。

「お役人は『いまこの縄を石にがっちりと結びつけてきた』とおっしゃり、縄の先を仲間たちに渡して、引くように命じられました。あっしには『痛いかもしれぬが、我慢してくれ』とおっしゃいました」

それで仲間の人夫たちが、力を合わせて縄を引いた。右足の甲の上で、ぐらりという感じで石が動いた。

強烈な痛みが右足を貫いたが、いつの間にか、体が水に浮いていることに六四郎は気づいた。

「あっしは手で水をかき、少し泳ぎました。足はひどく痛みましたが、生きていることがこれほどありがたいものだと、そのとき初めて知りました」

「おめえ、足を引きずっているようだが、そのときの怪我のせいか」

さようで、と六四郎が言葉短く答えた。

「もしあのとき忠左衛門さまがいらっしゃらなかったら、あっしはこの世にもういなかったでしょう。忠左衛門さまが縄を使うという機転を利かせてくださったおかげで、今もこうして生きていられるのでございます」

「とにかく、助かってよかったな」

「はい、おっしゃる通りでございます」

六四郎が安堵《あんど》の顔をのぞかせる。

「その後は怪我のせいで日傭取の仕事ができなくなり、手前は縁を得て、こちらで雇っていただいたのでございます」

「この二十年間、ずっとこの店で働き続けてきたのか」

中兵衛は確かめるようにきいた。

「さようでございます」

六四郎がこくりと点頭した。

「六四郎、歳はいくつだ」

「六十五でございます」

ふむ、と中兵衛は鼻を鳴らした。

――この店の売色のことを、上役に報告するわけにはいかねえな……。女が春をひさぐことで稼いだおこぼれで生きているも同然なんだろうが、もしこの店が潰《つぶ》れたら、六四郎は行き場をなくしちまうにちげえねえからな。

この世には法度というものが厳として存在し、それを犯す者を捕らえなければならない身としてはかなり難しい問題ではあるが、なんでもかんでも杓子定規《しゃくしじょうぎ》にすればよいというものではない。融通を利かせることが大事ということも、ときにはある。

——それがよりよい世につながることだって、きっとあろう。

あの、と六四郎が遠慮がちに声を発した。

「いま忠左衛門さまは、いかがなされておりますか」

「上方にいるんだ」

「えっ、上方でございますか。なにゆえでございますか。ああ、うかがってもよろしゅうございますか」

もちろんだ、と中兵衛は受けた。

「刀鍛冶《かたなかじ》になるために摂津国《せっつのくに》へ行ったんだ」

「ええっ、刀鍛冶でございますか」

のけぞるようにして六四郎が驚く。

――俺もその話を聞いたときは、引っくり返りそうになったくらいだからな……。

「親父は八年前、四十九歳で隠居したんだ。五年前に俺の母上が不慮の病で亡くなって、どうも人生の儚《はかな》さみてえなものを、ひとしお感じたらしい。それで『一度きりの人生だ、わしの生きたいように生きる』と宣言し、幼い頃からの夢をうつつにするために、四年前に江戸を旅立っていった」

「なにゆえ摂州《せっしゅう》なのでございますか」

「若い頃から大好きな刀工が住んでいるらしいんだ。なんでも、守藤長門《しゅとうながと》という人らしいんだが……」

「忠左衛門さまは、その守藤長門というお人に弟子入りされたわけですか」

「そうだ。五十三歳で弟子入りして、刀工を目指して必死にがんばっているらしい」

なんと、と六四郎が嘆声を漏らす。

「そのようなことをされるとは、相変わらずすごいお方でございますね」

「本当だな」

中兵衛は六四郎の言葉に同意した。

「実に力強い生き方だと思う。我が父ながら、天晴《あっぱれ》としかいいようがない」

「その血を中兵衛さまは引いておられるのですから、名同心と呼ばれるお方なのでございましょうね」

いや、と中兵衛は否定した。

「そう呼ばれるまでは、まだ相当のときがかかるだろう。俺は駆け出しみてえな者に過ぎねえ。同心として、今は修行中の身といってよい」

「中兵衛さまの将来が、まことに楽しみでございますよ」

しみじみといった六四郎がいきなり、ああ、と済まなそうな声を上げた。

「なんだ、どうした」

六四郎に目を当てて中兵衛は問うた。

「いえ、あっしが忠左衛門さまのことをきいたせいで、中兵衛さまのお仕事の邪魔をしてしまったな、と思いまして……」

「いや、別に構わねえさ。雲雀も、楽しそうに俺たちの話を聞いてくれていたしな」

その通りだといわんばかりに、雲雀はにこにこしている。

よし、といって中兵衛は膝《ひざ》をはたいた。

「では、仕事に戻るとするぜ」

背筋を伸ばし、中兵衛は改めて雲雀に眼差《まなざ》しを注いだ。

「昨晩、今次がずっとここにいたのはまちがいなかろう。雲雀にきいてえんだが、今次に気になる素振りとか、おかしな振る舞いなど、なかったか」

「あの、藤森の旦那《だんな》、その前によろしゅうございますか」

中兵衛を見つめて雲雀が口を開いた。そんな仕草も艶《つや》っぽい女だ。

「なにかな」

気持ちを惑わされることなく中兵衛はきき返した。

「今次さんは、なにをしたのですか」

笑みを消し、雲雀がまじめな顔で問う。昨晩なにがあり、どういう経緯で自分たちがここまでやってくることになったか、中兵衛は簡潔に語って聞かせた。

「では、今次さんが仁休先生というお医者を殺したかもしれないとおっしゃるのですね」

「殺した疑いがある、という程度の話だ」

「昨晩、今次さんはこの店を一歩も出ていません。それは言い切れます」

強い口調で雲雀がいった。

「その火事で焼け死んだと思われるのは、仁休先生というお医者でまちがいないのですね」

「まちがいないか、といわれると、今のところ仏が仁休だという、確たる証拠はねえんだ。なにしろ真っ黒焦げだからな」

「さようですか……」

うつむき、雲雀は考え込む風情である。

「今次が仁休について、なにか気になることでもいったのか」

中兵衛の言葉に雲雀が顔を上げた。

「昨晩、寝言を聞いたのです」

「今次はどんな寝言をいっていた」

「『頼むぜ、仁休先生』といっておりました。少なくとも、私にはそう聞こえました」

なんのことだろう、と中兵衛は考えた。今次には、仁休に対し、なにか当てにすることがあったのだろうか。もしくは、仁休にすがるようなことがあったのか。

——ふむ、わからぬな。

「ほかにには、なにかいっておらなんだか」

中兵衛は雲雀にたずねた。雲雀は考える素振りを今度は見せなかった。

「『仁休先生、金は約束通りに……』といっていたように思います」

——約束通りに払う、のか。それとも、約束通りに払ってくれ、なのか。

これもよくわからなかった。今次が仁休と金のやり取りをしていたらしいことだけは、この寝言から知れた。

――今次は、金は一度も借りたことはない、といっていたが、実は金のやり取りがあったんじゃねえか。

もっとも、所詮《しょせん》は寝言に過ぎない。今次はただ夢を見て、そんな言葉を口にしただけかもしれないのだ。

「今次は、ほかになにかいっていたか」

中兵衛はきいてみたが、雲雀がかぶりを振った。

「いえ、ほかにはありません」

「そうかい。では、これで終わりだ。造作をかけたな」

雲雀と六四郎をねぎらって中兵衛は立ち上がった。

「あっ、お帰りですか」

名残惜しそうに雲雀が中兵衛を見る。

「藤森の旦那、今度は仕事でなくいらしてくださいな」

「いや、俺は無理だ」

「あら、ご内儀が怖いんですか」

「ああ、怖い。怖くてならねえ」

中兵衛は身震いしてみせた。そのさまを見て、雲雀が納得したような顔になる。

「嘘はおっしゃっていないみたいですね。でしたら、無理強いはいたしません」

きっぱりといった雲雀が善八に流し目を送った。善八が明らかにどきりとした。

「お供のお若い方はなんていわれるんですか」

「あっしは善八といいます」

善八さん、と雲雀が身をくねらせて呼びかける。

「また是非ともいらしてくださいね。待っていますから……」

「わかりました。必ず来ます」

善八が元気よく答えた。

この馬鹿があっさりたらし込まれやがって、と思ったが、中兵衛はなにもいわなかった。

「では、これで失礼する」

会釈して中兵衛は土間の雪駄《せった》を履き、くぐり戸から外に出た。善八が後ろに続く。

「いい女でしたねえ」

感極まったように善八がいった。

「手前は、むしゃぶりつきたくなりましたよ」

歩調を緩めることなく中兵衛は道を歩いた。

「おめえ、本当に春野玉に行くつもりかい」

低い声で中兵衛はきいた。えっ、といって善八が上目遣いに中兵衛を見る。

「いけませんか」

「やめておいたほうがいいな。けつの毛までむしられるぞ」

「しかし、あんないい女、忘れられません」

善八、と中兵衛は呼んだ。

「もしおめえが春野玉に行ったことを俺が知ったら、それまでだからな」

「あの、それまでといいますと」

おそるおそる善八がきく。

「縁切りだ。おめえは俺の中間じゃなくなるということだ」

「ええっ、そんな」

善八が肝を潰《つぶ》したような声を上げた。

「それは、いくらなんでも重すぎませんか」

「重くはねえ。俺は、おめえが身を持ち崩すところなんざ、見たくねえんだ」

「旦那、身を持ち崩すなんて、それはあまりに大袈裟《おおげさ》じゃありませんか」

「大袈裟なんかじゃねえ」

中兵衛は善八の言葉を一顧だにしなかった。

「いいか、善八。俺にばれなきゃいい、なんて考えるなよ。俺の勘の鋭さは、おめえもよく知っているはずだ。おめえが春野玉の暖簾《のれん》をくぐったら最後、すぐさま露見するものと心得ておけ」

「わ、わかりました」

悄然《しょうぜん》と下を向き、善八が答えた。

「春野玉には決して行きません」

「それでいい」

ほっとした中兵衛は肩から力を抜いた。さて次はどうするか、と思案をはじめた。

第三章

一

邦市は、まだ目を覚まさないようだ。医者の庵勇が傷の手当をしてから、すでに一刻半《いっときはん》ほどが経過した。今も昏睡《こんすい》しているのだろう。

目を覚ましたら知らせてくれるよういい置いて功兵衛と糸吉は二階の部屋に引き上げたが、布美が姿を見せそうな気配は感じられない。

二階で休んでいるよう布美どのに勧められたとしても、と功兵衛は思った。

――用心棒として雇われた俺が、邦市どのたちから離れてしまってよいのか……。

きっと構わぬのだろう、と功兵衛は思った。今は通いの奉公人を含め大勢の者がいるし、真っ昼間に聞心屋に乱入し、狼藉《ろうぜき》を働く者など、さすがにそういないのではあるまいか。

――むろん油断は禁物だが、もし不届き者が入り込んだら、急ぎ馳《は》せつけるまでだ。

広い家ではあるが、階段を駆け下りれば、邦市が寝ている部屋まですぐである。

精神を一統し、功兵衛は聞心屋の周りの気配を探ってみた。

――おや。

これはなんだ、と功兵衛は思い、顔をしかめた。背筋をぞくりとさせるような、いやな気を感じたのだ。

「糸吉」

声をかけると、布美から借りた江戸の名所案内の書物を熱心に読んでいた糸吉が面を上げた。

「はい、なんでございましょう」

「ちと小便をしてくるゆえ、ここを動かずにおるのだぞ」

「承知いたしました」

刀架に置いた刀を手にして、功兵衛は部屋をあとにした。階段を下りて一階に出、戸口に向かう。

建物内に人の気配はしているが、誰とも出会うことなく土間の雪駄を履いた。

また心を集中し、気配を嗅《か》いでみた。今もいやな気ははっきりと感じられる。

功兵衛は戸を横に滑らせ、するりと外に出た。すぐさま戸を閉める。

大勢の町人が行き交っている。中には武家もいたし、百姓とおぼしき者もいた。

功兵衛は、いやな気がしているほうへ足を踏み出した。

――どこだ。

三間ほど先の角を曲がったあたりから気が発せられているのを知り、功兵衛は足早に歩いた。

油断することなく角を曲がり、そこにいるのが誰か、見極めようとした。

だが、一間ほどの広さを持つ道には誰もいなかった。いやな気も消えている。二間ほど離れたところに狭い路地が口を開けていた。

――俺が来たことを知り、路地に姿を消したか。ふむ、容易ならぬ腕の者がここにいたのだな。

いったい何者だ、と功兵衛は考えた。河田内膳の命で探索を行っている者が、早くも聞心屋にたどり着いたのか。

だがどんなに鼻が利く者がその任に当たったとしても、見つけるのが早すぎないか。

——あり得ぬ。

功兵衛は断を下した。

ならば、ここにいたのは何者なのか。邦市を刺した者だろうか。

そうかもしれぬ、と功兵衛は思った。

——その後どうなったか、邦市どのの様子を見に来たのではあるまいか……。

だとしたら、逃がしたのはしくじりだとしかいいようがない。こちらの気配を消して近づくべきだった。

——しかし俺の気配に感づき、姿を消してみせるなど、相当の者だな。そんな者に邦市どのは刺されたというのか。

いったいこの事件の背後には、どんな闇が広がっているのだろう。

気持ちを鎮め、功兵衛は再び付近の気配を探ってみた。

なにも感じなかった。

——引き上げるとするか。

道を戻り、功兵衛は聞心屋の建物に足を踏み入れた。土間に立ったまま、もう一度あたりの気配を探ってみた。

妙な気配を発している者がいるようには思えない。いかにも穏やかな空気が漂っているように感じた。何者かは完全に去ったのだ。

ふっ、と息をつき、功兵衛は肩から力を抜いた。雪駄《せった》を脱いで中に上がり、厠《かわや》に向かった。小用を足して厠を出、階段を上る。

部屋の前に行き、一応、中の気配を探ってから障子を開ける。糸吉は相変わらず江戸の名所案内を読んでいた。

「あっ、お帰りなさい」

功兵衛に向かって糸吉が低頭した。

「殿、ずいぶん長かったですね」

「ああ、小便が溜《た》まっていたのでな。糸吉はよいのか」

「はい、手前はまだ大丈夫です」

その返事を聞いた功兵衛は刀架に刀を置き、畳に座した。

――今朝、俺が厠のそばで、邦市どのと話をしたとき……。

目を閉じ、功兵衛はそのときの場面を思い返した。先ほどの気配の者が、匕首《あいくち》を手に近くにひそんでいたのだろうか。

いま思い返してみても、何者かの気配などまるで感じなかった。もし邦市を狙う者が物陰に忍んでいたとしたら、違和感を覚えなかったはずがない。

功兵衛と邦市が話しているあいだ曲者《くせもの》は塀の向こう側におり、こちらの気配をうかがっていたのかもしれない。

――俺と邦市どののやり取りを、聞いていたのだろうか……。

朝は、日中に比べて話し声や物音が格段に響くから、あり得ないことではないだろう。

――俺も命を狙われている身だ。もう少し警《いまし》めの思いを、強く持つほうがよかろう。

気持ちを新たにした功兵衛は、気を引き締めた。

――それにしても、邦市どのが刺されぬよう、なんとかできなかっただろうか。

阻止できなかった自分に、功兵衛は腹立ちを覚えた。

――起きてしまったことを、今さら悔いても仕方ないが……。これを教訓とし、次の機会に生かさねばならぬ。用心棒として、しくじりは決して許されぬ。

功兵衛は強い決意をかためたが、同時に空腹を覚えた。刻限は、そろそろ昼の九つになる頃ではないだろうか。

――先ほど朝餉《あさげ》にありついたばかりのような気がするが……。なにもしておらぬのに、腹だけは減るのだな。

今朝はだいぶ冷え込んだが、すでに寒さは緩んでおり、部屋は初夏らしい暖かさに包まれている。

糸吉は今も文机《ふづくえ》の前に端座し、江戸の名所案内を熱心に読んでいる。ときおり、ほう、とか、ふーん、とか感心したような声を上げていた。

刀を思い切り振りたいな、と功兵衛は身悶《みもだ》えするように思った。振ることができれば、重苦しい今の気分が汗とともに流れ出ていくのではあるまいか。

だが、さすがにこの部屋で刀を振り回すわけにはいかない。

軽く身じろぎし、功兵衛は座り直した。なにゆえ邦市どのは刺されたのか、と考えはじめた。布美のいうように、やはりうらみによるものなのか。

邦市が刺されたこの一件をなんとしても解決したいという衝動に、功兵衛は駆られた。

——普請方の同心に過ぎぬ俺に、なにができるというのか……。

そんな思いも浮かんだが、叔父の水巻五左衛門が殺害された事件を見事に解決に導いたのは事実である。

生前、五左衛門は目付をしていた。その実力は、目付頭の織尾紋之丞も一目置くほどのものだったらしい。

——俺には、叔父上と同じ血が流れているのだ。やれぬことはなかろう。

必ずこの一件の決着をつけてやる、と誓ったとき、階段を上ってくる足音が聞こえた。

——もしや邦市どのが目を覚ましたのではあるまいか……。

足音は功兵衛たちの部屋の前で止まり、障子に人影が映り込んだ。

「永見さん」

呼びかけてきたのは布美である。飼主に呼ばれた犬のように糸吉がさっと顔を上げ、名所案内を閉じた。

功兵衛は素早く立ち上がり、音もなく障子を開けた。敷居際に座った布美が功兵衛を見上げる。

「邦市さんが目を覚ましました」

「ああ、それはよかった」

功兵衛は破顔した。はい、と応じて布美がにこにこする。

「邦市どのは、話すことはできるのか」

「できます。庵勇先生がおっしゃったように無理は禁物でしょうけど……」

「布美どのはもう事情をきいたのか」

いいえ、と布美がかぶりを振った。

「まだ聞いておりません。永見さんたちと一緒に聞くほうがよいと思いまして……」

「そうか、わかった」

部屋の中を大股《おおまた》に歩いた功兵衛は刀架の刀を手に取った。

「糸吉、まいるぞ」

はっ、と答えて糸吉が腰を上げ、功兵衛のあとについてくる。

部屋を出た功兵衛は、前を行く布美に続いて階段を下りた。庭に面した廊下を歩き、邦市が寝かされている座敷に入った。

布美が邦市の枕元にそっと座る。功兵衛はその隣に座し、刀を畳の上に置いた。

糸吉が功兵衛の後ろに控えるように端座する。

相変わらず顔色は悪かったが、邦市は目を開けていた。功兵衛が顔をのぞき込むと、目を合わせてきた。

「永見さん、あんたが助けてくれたそうだな」

喉《のど》が詰まったようなしわがれ声で邦市がいった。いや、と功兵衛は否定した。

「別に助けてはおらぬ。血を止め、おぬしを廊下に寝かせただけだ」

「だが、永見さんが血を止めてくれなかったら、俺は死んでいたそうじゃないか」

もし功兵衛が手をこまねいていたら、おびただしい出血のせいで、邦市は確実に死に至っていただろう。

「そうかもしれぬが、あれは急場しのぎに過ぎぬ。本当におぬしの命を救ったのは、庵勇先生だ。先生が来てくれたからこそ、おぬしはこうして生きていられるのだ」

ふふ、と邦市が小さく笑った。功兵衛に注ぐ眼差《まなざ》しがずいぶん和らいでいる。

「どうしても自分の手柄にはしたくないみたいだな」

「なにしろ、血を止めただけだからな。手柄というほどのことでもない。俺はこの糸吉とともに、人として当たり前のことをしたに過ぎぬ」

後ろを向き、功兵衛は糸吉の肩を軽く叩《たた》いた。永見さん、と邦市が呼ぶ。

「とにかく俺はあんたに感謝しているんだ。その思いをどうしても伝えたくてな」

うむ、と功兵衛は大きく顎《あご》を引いた。

「おぬしの気持ちはよくわかった」

「しかし永見さん」

笑みを頬に浮かべて邦市がいった。

「謙遜《けんそん》ばかりしていては、この江戸では生きていけないぜ」

生き馬の目を抜くといわれるくらい、江戸という町は油断がならないと聞いている。おそらく事実だろうが、だからといって自分の性格を変えようとは思わない。江戸を甘く見ているわけではなく、今のままでもきっとなんとかなろう、と功兵衛は確信している。

「それで邦市さん」

やや強い口調で布美が呼びかけた。

「誰に襲われたの」

いきなり本題に入ったのがわかり、功兵衛は居住まいを正して邦市を凝視した。

「それがわからねえんだ」

無念そうに邦市が奥歯を嚙《か》み締めた。

「下手人を見ていないの」

邦市に少し顔を近づけて布美がさらに問う。邦市が渋い表情になる。

「下手人どころか、なにも見ていねえんだ」

その言葉に布美が眉《まゆ》を曇らせる。

「襲われたとき、どんな様子だったの」

重ねてきかれた邦市がいったん目を閉じてから話し出した。

「厠《かわや》を出て、俺は手水場《ちょうずば》で手を洗った。袂《たもと》に突っ込んであった手ぬぐいで手を拭《ふ》き、廊下を歩き出そうとしたら、いきなり腹に鋭い痛みが走った。なんだ、と驚いて目をやったら、匕首《あいくち》らしい物が刺さっていた」

下手人は後ろから腹を刺してきたのか、と功兵衛は思った。

「匕首を握る手は見えていたのか」

これは功兵衛がたずねた。顔をわずかに動かし、邦市が功兵衛に目を当てる。

「ああ、見えた。手の甲を下にして匕首を握っていた」

下手人は逆手に匕首を持っていたのだ。

「そのあとは」

功兵衛がきくと、ふう、と少し疲れたように邦市が吐息を漏らした。

「邦市さん、大丈夫」

心配そうに布美が邦市の様子を見る。

「ああ、大丈夫だ」

邦市が首を縦に動かした。

「まだ話を続けられるの」

「当たり前だ」

布美を見返して邦市がにやりとする。

「そんなに柔にできちゃいねえよ」

「でもずっと気を失っていたのよ。今も体に力が入らないでしょうに……」

「その通りだが、大丈夫だ。自分の体だからな、そのくらいはわかる」

表情を引き締め、布美が邦市を見つめる。

「お腹を刺されたあと、どうしたの」

「匕首が腹から抜かれるのが見えた。誰の仕業なのか、俺は振り向いて確かめようとしたんだが、急に気分が悪くなり、よろけちまった。血が口からあふれ出てきたのがわかったが、覚えているのはそこまでだ」

悔しそうに邦市がいった。

「下手人に心当たりは」

さらに布美が問う。邦市が口元を歪《ゆが》めるように笑った。

「そいつはありすぎるくらいだ」

「邦市さんは腕が立つから、いろんな人からうらみを買っているものね」

「腕利きすぎるのも大変だぜ」

微笑を浮かべて邦市が軽口を叩く。

「でも、無事でよかった……」

しみじみとした口調で布美がいった。当たり前だ、と邦市が強い声を発した。

「布美を残して死ねるものか」

そうね、といって布美がうなずく。

「邦市さんは私の兄さんみたいなものだから」

「馬鹿、許嫁《いいなずけ》だろうが」

叫ぶようにいって邦市がちらりと功兵衛を見た。えっ、と背後の糸吉が声を漏らす。

「馬鹿はどっちよ」

布美も功兵衛に目を向けてきた。すぐに邦市をにらみつける。

「邦市さんが、私のことを許嫁だといっているだけじゃない。私はそんな約束を交わした覚えはないもの」

ほっとしたようで、糸吉が深く息をついた気配が功兵衛に伝わってきた。

枕から頭を上げ、邦市が布美をじっと見る。

「亡くなった宗太郎《そうたろう》さんが、布美をもらってやってくれ、といったんだ。俺はそれが約束だと思っている。約束は守らなきゃいけねえだろう」

宗太郎というのは、聞心屋を創業した布美の父親だろう。

布美が邦市の額を手のひらで押さえ込んだ。邦市の頭が枕に戻される。

「私はおとっつぁんから、そんなこと、ひと言も聞いていないから」

布美が、また功兵衛に目を向けた。

「永見さんは、邦市さんに聞きたいことがありますか」

話題を変えるように布美がいった。うむ、と功兵衛は応じた。

「下手人は、邦市さんを殺す気はなかったのかもしれぬ」

功兵衛にいわれて、布美が納得したような顔になる。

「背後から邦市さんに忍び寄った際、殺す気だったのなら、背中から心の臓を一突きにしていなければおかしいからですね」

その通りだ、と功兵衛は首肯した。確かに、と邦市の唇が動いた。

「なぜ下手人は俺を殺さなかったんだろう」

不思議そうに邦市が首を傾げる。下手人は、と功兵衛はいった。

「邦市どのに警《いまし》めを発したのではなかろうか」

「警めですか……」

どういうことか説明を求めるような顔で、布美が功兵衛を見つめる。

「いま邦市どのがなにを調べているかわからぬが、これ以上この一件に首を突っ込めば命はないぞ、といいたかったのかもしれぬ」

「なるほど、そういうことかい……」

自嘲《じちょう》気味の笑いを邦市が見せる。

「邦市さん、まだ話せるの。疲れてないかしら」

「大丈夫だ」

はっきりとした声音で邦市が答えた。頬からはだいぶ赤みが取れ、邦市の肌は白さを取り戻してきていた。

もっとも、これがよい兆しなのか、功兵衛には判断がつかなかった。

ふむ、といって邦市が軽く息をついた。

「そんな警めをされるようなうらみというと、どんなのがあるかな……」

「逆に、強いうらみだったのかもしれぬ」

すぐさま功兵衛は口にした。

「というと」

意味がわからないという顔で布美がきく。邦市も怪訝《けげん》そうな目を向けてきた。

「刃物で腹をやられると、長いあいだ苦しみ抜いて死ぬことが多いとも聞く。下手人はそれを狙ったということも考えられる」

「楽には死なせんぞ、ということかい。そうか、強いうらみか……」

つぶやいて邦市が顔をしかめる。

「こっちのほうが、むしろありすぎるくらいだな」

邦市さん、と布美が呼びかける。

「今は、どんなことに首を突っ込んでいるの」

布美にきかれた邦市が天井を見つめ、思案の表情になった。

「かなりあるぜ」

「一つずつ、ゆっくりでいいからいってみて」

わかった、と邦市がうなずいた。

「十日ばかり前の夜、一人の夜鷹《よたか》が首を絞められて殺された。夜鷹としては信じられねえほど美しい女で、俺は下手人を捜していた。仏が夜鷹だからなのか、番所が探索に熱心とはいえなかったから、代わりに下手人を見つけ、女の無念を晴らしてやりたかったんだ」

「邦市さん、あなた、その夜鷹の客だったんじゃないの」

布美にずばりきかれ、邦市が、うっ、とうろたえた。

「やっぱりね。人のことを許嫁といっておいて、そんなことを平気でするのね」

「布美、妬《や》いているのか」

「妬いてなんかいない」

きっぱりと布美が断言した。

「邦市さん、体がよくなったら、またいくらでも遊んでもらってけっこうよ」

へん、と強がるように邦市がいった。

「心にもないことをいいやがって」

「本心よ」

ぴしゃりといって布美が姿勢を改める。

「邦市さん、その夜鷹を殺した下手人は見つかりそうだったの」

いいや、と苦々しい顔で邦市がかぶりを振った。

「今のところ影もつかめねえでいた」

「それなら、夜鷹を殺した下手人が邦市さんを刺したわけではないでしょうね。邦市さん、ほかにどんなことを調べていたの」

布美が邦市に真剣な目を当てる。

「偽薬をつくっているのでは、との疑いがある薬種問屋があってな。その悪行の証拠を握ろうとしていた」

なんと、と功兵衛は驚いた。それは大きな事件ではないだろうか。

――偽薬といえば、加瀬津城下でも同じような一件があったな……。

六年ほど前の夏頃、ある町医者が食あたり用の毒消し薬の製造販売をはじめたのだが、その薬を服用したことで五人もの死者が立て続けに出た。当然のことながら、町奉行所がすぐさま動き、その町医者から事情を聞いた。毒消し薬の作り方も聴取した。

その結果、毒消し薬には食あたりに有効な成分はまったく入っていないことが明かされたのだ。

むしろ、人体に毒となるような物しか入っていないことが知れ、町奉行所は毒消し薬が金儲《かねもう》けのためだけのいかさま薬であると断じた。捕縛された町医者はその後、獄門に処された。

それで、と布美が邦市に話しかけた。

「邦市さんは、偽薬だという証拠は握ることができたの」

「いや、まだだ」

悔しげに邦市が答えた。

「その薬種問屋は、まことに偽薬をつくっているのか」

身を乗り出して功兵衛は邦市にたずねた。邦市がおもしろくなさそうな顔で、いや、と首を横に振った。

「まだ疑いだけで、今のところ確たる証拠はねえんだ。その薬を手に入れるのはたやすいが、どんな成分が入っているか調べる術《すべ》がねえからな。成分を知っているのは、薬種問屋の中でも限られた者だけだろう。最も大事な秘密といってよいはずだから」

確かにその通りだろう、と功兵衛は心で同意した。

邦市が身じろぎし、話を続ける。

「薬種問屋の奉公人の身柄を引っさらって、無理に吐かすわけにもいかねえしな……」

そんなことができるのは、と功兵衛は思った。確たる証拠を握った町奉行所か、手段を選ばないやくざ者くらいのものだろう。

「その偽薬は、なにに効くことになっているのだ」

邦市の顔色を見つつ功兵衛は新たな問いを投げた。

「肺病に効くと謳《うた》っている」

「実際には効かぬのか」

「効いているという者と、効かねえといっている者が半々だ」

　意外な言葉を聞き、功兵衛は目を大きく見開いた。

「なに、そうなのか。半分の者に効いているのなら、むしろ優れた薬といえるのではないのか」

「それが、そうではねえんだ」

　否定した邦市が間髪を容《い》れず続ける。

「その薬を飲んで肺病が治ったという者が何人もいるのは確かなんだが、病が全快して半年から一年ばかりたつと、必ず死んでしまうらしいんだ」

　なんと、と功兵衛は目をみはった。

「それは誰が気づいたのだ」

「俺の知り合いの町医者だ。肺病の患者がその偽薬を飲んだあと、四人も死んだそうだ。俺はその事実を町医者から聞いて、薬種問屋を調べはじめたんだ」

　邦市が少し間を置いた。

「体にとんでもない無理を強い、一度は快方に向かったように見せかけるほど強い成分が、その偽薬には使われているにちげえねえんだ」

「その成分のせいで結局は体が弱り、偽薬を服用した者は半年から一年後には死んでしまうというわけだな……」

ひどい、と布美が声を上げた。しかし、と邦市が冷静な口調でいった。

「偽薬を飲んだおかげで、半年から一年、長生きできたという言い方もできる。だから、どんな成分が使われているのか、薬の製法がわからねえと、なんの証明もできねえんだ」

「その薬と患者の死との因果をはっきり示さぬ限り、その薬種問屋は儲《もう》け続け、死者はこれからも出続けるというわけだな」

そういうことだ、と邦市がいった。

「もし偽薬を飲まずにいたら、肺病にかかった患者がどのくらい生きられたか、それがわかれば薬種問屋をとっちめられるんだろうが、それを証《あか》す手段はまずねえ」

悔しげに邦市が口を閉じた。功兵衛はすぐに質問を放った。

「患者の半分にはその偽薬が効かなかったといったが、その者たちは薬の服用後、どうなったかわかっているのか」

「それがわからねえんだ」

邦市が歯《は》嚙《が》みして残念がった。

「ほとんどの者が死んじまったんじゃねえかと思えるんだが、はっきりとはわかっちゃいねえ。偽薬のために死亡したに決まっているが、病状が著しく重くなったため、ということにされたんじゃねえだろうか……」

邦市どののいう通り、と功兵衛は思った。その偽薬を服用したために患者が死んだと証明するのは、大変な手間がかかるだろう。

もともと薬九層倍といわれるくらい、薬種問屋は法外な利を貪《むさぼ》ることで知られている。薬の製造販売は金儲けのためにすることで、人のために行うという信念を貫く薬種問屋など、この世に無きに等しいのではあるまいか。

ほとんどの薬種問屋が人の命を重く見ているはずがない。

──金儲けさえできれば、人の生き死になど、どうでもよいと思っているのではないだろうか……。

腹が立ってならなかったが、今は邦市を誰が刺したか、それが問題だ。息を入れ、功兵衛は落ち着きを取り戻した。

「その薬種問屋は、邦市どのが偽薬について探っているのを知っているのか」

「知っちゃいねえ、と俺は思っちゃあいるが、よくわからねえというのが正直なところだ」

「では、知られているかもしれぬのだな」

「そういうことだ」

小さくうなずいて邦市が認めた。

「その薬種問屋の者が邦市どのの口を封じるため、刺客を遣わしたということは十分に考えられるが、いまだに偽薬の証拠を誰にも握られておらぬのは、薬種問屋の者たちは承知しているだろう。いざとなれば、証拠を隠滅することもできるだろうし……」

「では、その薬種問屋の仕業でもないのでしょうか」

よく光る目を功兵衛に当てて、布美がきいてきた。

「うむ、俺はちがうような気がするな……」

さようですか、と布美がいい、顔を転じて邦市を見やる。

「邦市さんはどうなの」

「俺も永見さんと同じ意見だ。薬種問屋が差し向けた者じゃねえと思う」

「実は私もよ」

布美が邦市を案ずるような目で見る。

「ねえ、大丈夫なの。疲れていない」

「ああ、大丈夫だ。しっかり寝たから、もう起き上がれる気がするぜ」

邦市がもぞもぞと身動きする。

「駄目よ」

たしなめるように布美がいい、邦市の胸のあたりを押さえた。

「邦市さん、ほかにはなにを調べていたの」

「あと三つだな」

唇が渇くのか、邦市が舌でなめた。

「邦市さん、お水を飲む」

布美にきかれ、ああ、と邦市がいった。布美が水差から湯飲みに水を注ぎ、それを邦市の顔の前に持っていった。

首を上げた邦市が湯飲みを手に取り、ごくごくと飲む。

「ああ、うめえ」

邦市が水を干した。布美が手ぬぐいで邦市の口を拭《ふ》く。

「もっと飲む」

「いや、もういい」

布美が、水差と湯飲みを自分の背後に置いた。喉《のど》が潤ったことで少し元気が出たか、張りのある声で邦市が話しはじめた。

「残った三つのうちの一つ目は、客が食べている最中の夜鳴き蕎麦《そば》の屋台を、いきなり引っくり返す手合の一件だ。なにが目的でそんな真似をしているのかわからねえが、今のところ怪我人も出ていねえし、下手人が俺を狙うとは思えねえ」

その通りだろうな、と功兵衛は感じた。

「じゃあ、二つ目は」

邦市をじっと見て布美が問う。

「一月ばかり前、名のある料亭で茶道具市を開いた骨董《こっとう》商がいるんだ。そのこと自体は犯罪なんかじゃねえが、問題は茶道具市でさくらを使ったことだ。値を思い切り吊《つ》り上げることで、その骨董商は大儲《おおもう》けしたらしい」

「さくらを使っての大儲けは法に触れるのか」

すぐさま功兵衛は質《ただ》した。

「ああ、触れる」

躊躇《ちゅうちょ》のない口調で邦市が断じた。

「先例があるんだ。十年前、さる料亭で茶道具市を開いた者は同じようにさくらを使って大儲けしたんだが、客の訴えによって番所が動き、どういうからくりがあったか、調べ上げたんだ。結局、客の訴え通りという真相が明かされ、その骨董商は捕らえられて遠島の憂き目を見たんだ」

「さすがに死罪ではないのだな」

「人を傷つけたり、殺したりしたわけじゃねえからな」

邦市が少し間を置いてから再び口を開く。

「しかし遠島も相当きついぞ。八丈島《はちじょうじま》など、ろくに米がとれねえのに、自分一人の力で生きていかなきゃならねえんだ。最後は飢えておっ死《ち》ぬしかなくなるらしい。飢え死になんかより、すっぱり斬られて死ぬほうがよほどいい、という者も大勢いる」

餓死か、と功兵衛は思った。腹を空《す》かせて死んでいくというのは、どんな感じなのだろう。飢饉《ききん》の際、人が人を食うということが起きるというが、極限の空腹というのは、それだけ人から平常心を奪うという証《あかし》なのだろう。

──俺も斬られるほうがよいな。

手練《てだれ》の手にかかれば、一瞬の苦しみすらもなくあの世に行けるはずだ。

邦市どのは、と功兵衛は呼びかけた。

「その骨董商がさくらを使って大儲けしたという証拠は握っているのか」

「いや、まだ握ってねえ」

邦市が首を横に振る。

「今のところ、茶道具市に参加した人から話を聞いただけだ」

「それなら、骨董商に命を狙われる筋合はないな」

「そういうことになろうな」

功兵衛をじっと見て邦市が首肯する。

「最後の三つ目はなに」

布美にきかれ、邦市が厳しい顔になった。

「役人の賄賂《わいろ》だ」

それはまた大きな一件ではないか、と功兵衛は目をむいた。

加瀬津を出奔してきたとはいえ、斉晴の命によるものであり、今も自分は役人である。常に高潔であろうと心がけているが、世の中には自分とはまったく異なる心の持ち主がたくさんいる。

そういう者たちは、大した額でもないのに賄賂をあっさり受け取り、それまでの人生を平気で棒に振ってみせる。

たかだか十両ほどで、それまで努力して得てきたものや、これから得られるはずのものを無にしてしまうのだ。

なぜそのような真似ができるのか、功兵衛にはまったく理解しがたいものがある。

「どのような役人が、誰から賄賂をもらっているのかな」

気を取り直して功兵衛は邦市にたずねた。

「寺社奉行《じしゃぶぎょう》か勘定奉行《かんじょうぶぎょう》の同心がやくざ者から賄賂をもらい、賭場《とば》の開帳を目こぼししているという話を聞き込んだんだ」

しかし、やくざ者と役人との癒着くらい、よくあることではないのか。

斉晴が主君として国入りする前は、加瀬津領内において賭博《とばく》は禁止されてはいたものの、賭場は至るところで開かれていた。むろん、役人に対する賄賂も横行しており、それを咎《とが》める者はほとんどいなかった。

それが一変したのは国入りした斉晴が、賭博は国の疲弊を呼ぶ、といってかたく禁じたからだ。

その頃の加瀬津においては、賭博に打ち込む百姓たちが特に問題となっていた。仕事そっちのけで熱中し、年貢を納められない者が続出していたのだ。

賭場を開くやくざ者を捕縛し、賄賂を受け取っていた役人を摘発するなど、斉晴が容赦ない施策を推し進めることで領内の賭場は激減したが、それでもなおやくざ者から賄賂を受け取り、賭場を存続させようとした役人は相当の数に上った。

斉晴の命でそれらの者たちを一斉に捕らえ、斬罪に処した結果、加瀬津では賭場が一切、開かれなくなった。

賭場がすべて消滅したからといって景気が上向くというようなことはなかったが、やくざ者が支配しているかのような沈滞していた重苦しい空気が取り払われ、領内の風通しがよくなったのはまちがいなかった。

百姓たちの顔も明るくなり、年貢を納められなくなる者はほとんどいなくなった。

一般の商人が役人へ賄賂を贈ることがなくなるという、副次的な効果もあらわれた。

功兵衛を見つめて邦市が点頭する。

「賄賂を受け取る役人は確かに珍しくないが、やはり程度というものがある。やりすぎる者は、さすがに見過ごされることなく、厳しく罰せられる」

「どのくらい厳しい罰なのかな」

「最も重い者は斬罪に処される」

やはりそうか、と功兵衛は思った。斉晴が行った仕置と同じである。

斉晴は江戸生まれの江戸育ちだから、賄賂に対する公儀の処罰がどういうものか、知識の蓄えがあったのかもしれない。

「では、邦市どのが目をつけた寺社奉行の同心はやりすぎたのだな。やくざ者から受け取った賄賂の額が際立って多いとか、そういうことか」

そうだ、と邦市がいった。

「いくつものやくざ一家から、相当の額を受け取っているはずだ」

功兵衛を見つめて邦市が伝える。

「その賄賂の一件に関し、邦市どのの探索は進んでいるのか」

「まずまず進んでいるといえるかな。いくつも賭場を構えているやくざ一家から大金を受け取っているのは、たった一人の同心じゃねえようだ。かなり大勢の者が関わっているらしい。大金を渡しているやくざたちも、座をつくって、そんなことをしているかもしれねえんだ」

「座か……。そいつはまことに大がかりだな」

「今はどの同心がどんなやくざ者と深く絡んでいるか、見極めようとしているところだ」

この一件に関わっている者が、邦市を刺した下手人として、最も考えやすいのではないだろうか。

「邦市どのが証拠集めをしていることを、同心ややくざ者に知られておらぬか」

鋭い口調にならないよう、功兵衛は注意してきいた。

「さて、どうかな」

眉根《まゆね》を寄せて邦市が首をひねる。

「決して無理をしねえよう慎重に動いているから、気づかれていねえんじゃねえかと思っちゃいるが……」

「大金を同心に供しているやくざ者が誰なのか、わかっているのか」

「一人だけわかっている」

「そのやくざ者はなんという者だ」

えっ、と声を上げて邦市が訝《いぶか》しげに功兵衛を見る。

「永見さん、なんでそんなことをきくんだ」

「この一件が最も怪しいと思えるゆえ、俺が調べてみようと思ってな」

駄目だ、といって邦市がすぐさまかぶりを振る。

「やめておくがほうが無難だぜ。永見さんは剣術の腕は立つかもしれねえが、探索に関しては所詮《しょせん》、素人だ。今は、やつらを下手に刺激しねえほうがいい」

「それだと、やつらの思う壺《つぼ》だと思うが」

ああ、と邦市が合点のいったような顔になった。

「やつらが俺に誡《いまし》めを与えたことで、調べが滞っちまうことをいっているんだな」

「そうだ」

「確かに腹立たしいことこの上ねえが、今は仕方ねえ。怪我を治さねえ限り、なにもできねえからな。それまではおとなしくしているのが、いいと思うんだ」

そうか、と功兵衛はいって身じろぎし、後ろに体を引いた。

「邦市どのがそれでよいのなら、俺はなにもせぬほうがよかろう」

済まねえな、といって邦市が微笑する。

「探索を再びはじめるまで間を空けたからといって、やつらがそのあいだに賄賂をやめるとか、証拠を隠滅しようとか、そんな真似はするはずがねえ。必ずしっぽを出すはずだから、あとはそれをがっちり握ってやるだけだ」

邦市が舌なめずりするような顔になった。

「邦市さん、ほかに関わっている件はもうないの」

布美にきかれ、邦市が、ねえな、と答えた。

「いま俺が首を突っ込んでいるのは、この五つですべてだ」

「その五つの事件に関わる何者かが、邦市さんを刺したということなのかしら。永見さんがいうように、特に五つ目の一件が最も怪しいと私も思うのだけど……」

「賄賂の一件が一番にくせえのは確かだが、決めつけるのもよくねえだろう」

その通りだ、と功兵衛はすかさず賛同した。

「それら五つの事件は関係なく、邦市どのがただ誰かにうらみを買ったため、ということも考えられるからな。おぬしは、ちと女にだらしなさそうに見えるゆえ……」

「馬鹿をいわねえでくれ」

声を荒らげかけたが、傷が痛んだか、邦市が顔をしかめた。

「大丈夫」

案じ顔の布美が声をかける。

「ああ、大丈夫さ。――永見さん、もう一度いっておくが、俺が女にだらしねえなんてことはねえんだ」

「それは失礼なことをいった。済まぬ、この通りだ」

功兵衛は邦市に向かって頭を下げた。

「でも前に、何人もの女と節操なく付き合っていたじゃない」

布美がいきなり指摘した。

「布美、おめえまでそんなことをいうのか。あれはずいぶん昔の話じゃねえか。若気の至りというやつだ。今の俺はその頃とはちがうんだ」

邦市が必死に反論する。ねえ、と布美がいなすようにいった。

「本当に女からうらみを買っていないの」

「買ってねえよ」

邦市がぶっきらぼうに答えた。邦市どの、と功兵衛は呼びかけた。

「あまり気持ちを高ぶらせぬほうがよい。傷に障ろう」

「ああ、そいつはよくわかっちゃいるんだが、布美が馬鹿なことをいうもんで、つい……」

邦市さん、と布美が呼んだ。

「ほかにうらみを買っているような人はいないの。邦市さんは癇癪《かんしゃく》持ちで、すぐに見境なく喧嘩《けんか》をはじめたりするじゃないの。最近、喧嘩はしてないの」

「喧嘩かい……」

眉《まゆ》をひそめ、邦市が思案の表情になる。そういえば、と唇が動いた。

「なにか思い当たる節があるのね」

確信のある声で布美が問いかける。ああ、と邦市が素直に認めた。

「実はある。今朝は夜明け頃まで伯備《はくび》屋で飲んでいたんだが、そのときに、ちとやり合っちまったんだ」

「誰とやり合ったの」

間を置かずに布美がきく。

「知らねえやつだ」

邦市が即座に答えた。

「熊四郎《くましろう》のやつが絡まれていたから、俺はその男の襟首を引っつかんで引き離したんだ。その弾みでそいつはふらりとよろけ、土間に倒れちまったんだが、そのとき喧嘩になりそうになった」

「でも、喧嘩にはなっていないのね」

「なってねえ」

邦市は平静な表情を保っている。

「俺は殴ったり蹴《け》ったりなんかしていねえしな。あの男も手を出してはこなかった……」

「それなのに、その人が怪しいと思うのね。その根拠は」

根拠かい、といって邦市がうなずいた。

「あの男はひどくうらみの籠《こ》もった目で、俺をにらみつけてきたんだ。底光りするというか、瞳《ひとみ》の奥で青い炎が燃えているんじゃねえか、と思うような目だった。自分に害を与える者には容赦なく仕返しをする、とその目はいっているように見えた。あんな目をするやつには、俺は初めて会ったぜ」

怖《お》じ気《け》立つように邦市が身を震わせた。

「そんなに怖い人だったの」

その通りだ、と邦市が断じた。

「いま思えば、あの目は、これまでに何人もを殺してきているんじゃねえかとすら感じるほどだ」

「その人はいったい何者なの。伯備屋さんによく来る人なの」

強い口調で布美がきいた。

「いや、初めて見た。会ったことは一度もねえ」

「その男は、まっとうな職についている感じだったの」

「いや、あれはちがうな」

邦市がただちに打ち消した。

「まともな暮らしをしているようには見えなかった。懐に匕首《あいくち》をのんでいても、不思議じゃねえ気色《けしき》を身にまとっていた」

「じゃあ、その男が最も怪しいといえるでしょうね。その男は、伯備屋を出た邦市さんの後をつけ、塀を乗り越えて敷地に忍び込んだのかもしれない……」

「ほんと、その通りだな……」

　布美を見返して邦市が同意する。

「あの男なら、そこまでして俺を刺しに来たとしても、妙じゃねえ気がするぜ」

　――その男は、俺が先ほど気配を嗅《か》いだ男なのだろうか……。

　邦市どの、と功兵衛はすかさず声をかけた。

「その男はどんな顔をしていた」

　これは用心棒としての問いである。まぶたを閉じて邦市が考えはじめる。やがて目を開け、言葉を発した。

「歳は三十前後だろう。背丈は五尺二寸くらいで、痩《や》せていた。頭は総髪にしており、額はひどく狭かった。眉毛《まゆげ》が太いせいで、そういう風に見えただけかもしれねえが。鼻はそこそこ高く、上唇がずいぶん厚かった。八重歯が一本、のぞいていたような気がする……」

　そこまでいって邦市が口を閉じた。

「その男は、なにゆえ熊四郎という者に絡んでいたのだ」

「なにが気に入らなかったのか、熊四郎の飲み方と食べ方が汚いといって、説教をはじめたんだ」

安手の煮売り酒屋によくいる手合だな、と功兵衛は思った。功兵衛は酒を口にしないが、ときおり同僚に連れていかれた加瀬津の飲み屋でも、そういう者は頻繁に見かけた。

「最初は熊四郎も笑みを浮かべて、すみませんなんて謝っていたんだが、あの男は図に乗って、そんな食べ方をするのは人ができてねえからだ、とか、そんなんだからうだつが上がらねえんだ、とかいい出したんだ。温厚な熊四郎もさすがにむっとしているのがわかり、このままだと喧嘩になりそうだと思ったから、俺はあの男を熊四郎から引き離したんだ」

「賢明な判断だったな」

功兵衛はたたえたが、邦市は唇を歪《ゆが》めた。

「それで刃物で刺されていちゃあ、割に合わねえ……」

「確かにな……」

ふう、と邦市が吐息を漏らした。疲れたような表情をしている。

「もう休むか」

顔をのぞき込んで功兵衛は邦市にたずねた。

「ああ、そうしてえ」

「よし、ここまでにしよう」

功兵衛がいうと、邦市が安堵《あんど》したように笑みを浮かべた。

「邦市さん」

穏やかな声で布美が語りかけた。

「いい、お酒はもうやめるのよ」

「ああ、わかっているさ」

邦市が布美の言葉をすんなり受け入れた。

「刺されたからといって、血を吐いちまったのはこたえた。酒はもう二度と飲まねえ」

――ふむ、まことに覚悟を決めた顔だな。

酒飲みの断酒宣言ほど信じられないものはないが、邦市どのの言は信用してもよいかもしれぬ、と功兵衛は思った。

同じように感じたのか布美が、うん、と弾んだような声を出す。

「それを聞いて安心した。邦市さん、ゆっくり休んでね」

ああ、といって邦市が目を閉じた。功兵衛は静かに立ち上がった。糸吉もそれに倣う。布美が最後に腰を上げた。

三人は部屋の外に出た。布美が襖《ふすま》をそっと閉める。

「永見さん、糸吉さん、お腹が空《す》いたでしょう。すぐに昼餉《ひるげ》をつくるから待っててね」

「いや、本業もあるゆえ布美どのも大変だろう。俺たちは外で食べてきてもよい。なにかあったとき、すぐさま駆けつけられるくらいの場所に飯屋はないか」

邦市を刺した男がこの近くをうろついていないか、確かめる必要があると功兵衛は感じている。今のところ気配は覚えていないが、また舞い戻ってきているということは十分に考えられる。

——それに今度はどのような男なのか、頭に入っているゆえ決して見逃すことはない。

「斜向《はすむ》かいに信濃《しなの》屋というお蕎麦《そば》屋さんがあるけど、おいしくないの」

申し訳なさそうに布美がいった。

「別に味が悪くとも構わぬ。腹さえ満たせれば十分だ」

「それでも……」

布美の目が、後悔することになりますよ、と告げているように見えた。

「そんなにまずいのか」

ええ、と布美が首肯する。

「私にはとても蕎麦切りとは思えません……」

ほう、と功兵衛は嘆声を漏らした。

「そんなので、よく店を続けていられるものだな」

「とにかく盛りがよくて醤油《しょうゆ》の味がやたら濃いので、日傭取《ひようとり》の人たちなどには受けがよいみたい……」

そこまで味が濃いのは、功兵衛の好みではない。

「別の店はないのか」

「ここから一町も行かないあいだに、何軒かの食べ物屋さんはあるけど、まともな店というと、八神屋《やがみや》さんかしら」

「なにを食べさせてくれる店かな」

「そこもお蕎麦屋さんです。味は信濃屋さんとは比べ物になりません。まともな蕎麦切りを供してくれます」

「それならそこに行こう。蕎麦切りは俺も糸吉も好物だ」

八神屋がどこにあるのか布美から聞いた功兵衛は糸吉とともに聞心屋を出、道を歩きはじめた。

「殿、ところで、ここはなんという町なんですか」

後ろから糸吉がきいてきた。少し驚いて功兵衛は振り返り、糸吉を見た。

「これまで知らずにいたのか」

前を向いた功兵衛は、ここが深川東永代町《ひがしえいたいちょう》であることを糸吉に教えた。

「ほう、深川東永代町というんですか……」

どこか感傷でも覚えたかのような口調で糸吉がいった。

「そういえば、昨日、布美さんがそんなことをいっていましたねえ。潮の香りがとても強くて、なにかいい町ですねえ」

今は満潮なのかもしれぬな、と思いつつ功兵衛はふと足を止めた。半丈ばかりの高さの塀越しに、聞心屋の建物が見えている。

――邦市どのを刺した下手人は、やはりこの塀を乗り越えて忍び入ったのだな……。

もっと塀を高くするべきではないのか、と功兵衛は思った。この高さでは、身軽な者でなくても難なく乗り越えるだろう。

だが、そのことに布美が気づいていないはずがない。それなのに、ほったらかしにしているのだ。

考えてみれば、いくら塀を高くしようと、賊がその気になれば、必ず忍び込んでくるだろう。布美は塀を高くしても意味がないと、考えているのではないか。

しかも、塀を高くすることで外から中が見えにくくなる。一度、中に入ってしまえば、外からの目を気にする必要がなくなるのだ。これは犯罪者にとって、かなり大きな利点にちがいあるまい。

――そういうことなのかもしれぬ。

合点がいった気がした功兵衛は八神屋を目指しつつ、付近の気配を探ってみた。先ほどのいやな気は感じない。

――邦市どのを刺した者は、本当に去ったのか。それとも、近くにいるが、忍びのように気配を消しているに過ぎぬのか……。

もしかしたら、と思い至って功兵衛は慄然《りつぜん》とした。

――今朝、俺が邦市どのと話しているとき、下手人はすでに庭に入り込み、草木の陰にひそんでいたのではないか。それほどそばにいたにもかかわらず、この俺に気配を覚《さと》らせなかったというのか……。

もしそれがうつつのことだとしたら、恐ろしいまでの手練《てだれ》としかいいようがない。

そんな者に刺されるなど、邦市はいったいどんな闇をついてしまったのだろう。

おそらく、と功兵衛は思った。男が、伯備屋という煮売り酒屋にいたのは偶然ではあるまい。どこからか邦市をつけてきて、少し遅れて店に入ったのだろう。

その男は何者かに雇われた殺し屋の類《たぐい》ではないのか。

――やはり邦市どのは、五つの事件のうち、どれか一件のせいで、殺しを専らにする者に狙われたのかもしれぬ。

最も考えられるのは、やはり役人とやくざ者の賄賂《わいろ》の一件絡みということになろうか。

だが、誰かに雇われた者がなにゆえ熊四郎という男に酒に酔って絡むようなことをしたのか。

熊四郎が怒るようわざと仕向け、邦市があいだに入ってこざるを得なくしたのではないだろうか。

邦市が刺されたのは賄賂の一件ではなく、伯備屋でのいざこざによるうらみと見えるよう、仕組んだのではあるまいか。

――だが本当に殺し屋だとしたら、なにゆえ邦市どのをあの世に送らなかったのか。

実は殺す気で腹を刺したが、まさか邦市が生き延びるとは思わなかったのか。だが、凄腕《すごうで》の殺し屋がそんなへまを犯すはずがない。

殺してしまうと、町奉行所が介入せざるを得なくなるだろうが、手傷を負わせた程度なら、大した騒動にならない、と踏んだのだろうか。

とにかく、下手人は邦市が一命を留《とど》めるような刺し方をしたのだ。これは紛れもない事実である。

殺さなかったのは、やはり警《いまし》めだったのだろうか。功兵衛の中で謎は深まるばかりだ。

二

中兵衛は善八とともに本所三笠町一丁目を目指した。

寒さはすでにだいぶ緩んでおり、縮こまっていた体も伸びやかさを取り戻していた。

空は晴れ渡り、陽射しも暖かくなっているが、いつしか風が強くなってきており、砂埃《すなぼこり》が激しく舞いはじめていた。

足早に歩いていると、一陣の風が中兵衛を狙ったかのように吹き寄せてきた。あっという間に中兵衛は砂埃に囲まれた。目の前が灰色に変わり、砂埃に激しく叩《たた》かれて頬に痛みが走った。

——な、なんだ、こりゃ。たまらねえ。

中兵衛はその場で立ち止まり、顔を両手で覆いつつ目を閉じた。下を向き、風がおさまるのをひたすら待つ。

数瞬後、中兵衛は静寂に包み込まれたのを感じた。恐る恐る目を開けてみると、砂埃はどこかへ去っていた。

中兵衛は口に入り込んだ砂を、ぺっぺっ、と吐いた。目にも砂は入ったようで、痛くてならない。涙がじわりと出てきた。

「まったく、ひでえ目に遭ったぜ」

顔をしかめ、中兵衛は首を何度か振った。

「本当にすごい砂埃でしたねえ」

呆然《ぼうぜん》としたように善八が目をみはっている。

「ああ、本当に驚いたぜ」

涙が砂埃を洗い流してくれたか、その頃には目の痛みは消えていた。

「手前もびっくりしましたよ。なにしろ、旦那《だんな》一人だけ、砂埃の中にすっぽりおさまってしまいましたからねえ。まるでおっきな蚊柱みたいでしたよ」

なにっ、と中兵衛は目をむいた。

「じゃあ、おめえは今の砂埃に襲われなかったっていうのか」

ええ、と善八が当たり前だというように顎《あご》を引いた。

「砂埃は手前をよけるようにして、旦那にだけ襲いかかっていきましたから。そのさまを目の当たりにして、ほんと悪いことはできないものだ、と手前は心の底から思いましたよ」

「なんだと」

目玉をぎろりと回し、中兵衛は善八をにらみつけた。

「おめえは、俺が悪行ばかりしているから、砂埃にやられたっていいてえのか」

「ええ、さようで」

悪びれることなく善八が認めた。

「やはりお天道さまはよく見ているんだなあ、と思いました。天網かゆかゆ、なんとかといいますけど、あの言葉は真理をついていますねえ」

「天網かゆかゆ、じゃねえ。天網恢恢《かいかい》疎にして漏らさず、だ」

「ああ、それです、それです」

善八、と中兵衛は呼んだ。

「おめえは、本当に書物が好きなのか。かゆかゆ、なんていう男の言葉を俺は信じることなどできねえぜ」

「いえ、手前は本当に書物が大好きですよ」

中兵衛は口に手を当て、咳払《せきばら》いをした。

「しかし、俺はそんなに悪いことばかりしているか。むしろ善行だけを施していると思うんだが……」

「いえ、善行はそんなにはしていませんよ」

「そんなことが、あるわけねえだろう」

中兵衛は強い口調で善八にいった。

「俺は町の安寧を守る正義の士だぞ。善行しか積んでねえ」

「なんといっても、旦那は北町《きたまち》奉行所の定町廻り同心ですからね」

合いの手を入れるように善八がいった。

「その通りだ。だから阿漕《あこぎ》な真似なんか、するわけがねえんだ。そんなことをしたら、運が逃げちまう」

さようですねえ、と善八がいった。

「旦那は、悪運だけは人に優《まさ》っていますものねえ」

悪運といえば、と中兵衛は思い出した。一年ばかり前、殺人を犯した下手人を必死で追いかけている最中、いきなり強い地震に遭遇したことがある。

ひどい揺れに耐えきれなくなった商家の築地塀《ついじべい》がのたうつように倒れていき、中兵衛の前を走っていた下手人が築地塀の屋根の直撃を受けた。

そのおかげで、中兵衛は難なく下手人を捕らえることができた。

下手人は頭に傷を負ったが、中兵衛が走っていたところは塀が崩れなかったのである。

中兵衛の後ろを駆けていた善八は、一気に傾いた築地塀をよけきれず、足に軽い怪我を負った。

あの地震では、江戸の町は大した被害を受けなかった。中兵衛が下手人を追いかけていたあたりだけ、商家の塀や古い長屋などが倒壊したに過ぎなかった。

火事も起きず、怪我を負った者は何人かいたものの、死者が一人も出なかったのは幸いだった。

ほかにも、中兵衛には運に恵まれていると感じさせることがいくつも起きている。

最も新しい出来事は二ヶ月ほど前の一件だ。

江戸に大雪が積もった日で、ぬかるんだ道を走って逃げる男を、中兵衛は善八と懸命に追いかけていた。

男はみみずくの原吉《はらきち》と呼ばれる名うての泥棒で、真っ昼間に隠れ家を二十人以上の捕手で急襲したにもかかわらず、敏捷《びんしょう》な身ごなしで、捕手の網の間隙《かんげき》を縫うように逃げ出したのだ。

逃走にいち早く気づいた中兵衛は、善八とともに原吉を追った。

その日、空は厚い雲に覆われ、昼を過ぎても陽はろくに射し込まなかった。大気は冷たいままで、人が行きかう道以外、どこもかしこも雪は解けずに残っていた。

息も絶え絶えになりながらも中兵衛は、雪がたっぷり積もったままの袋小路に、原吉をようやく追い詰めた。

体に残る力を振り絞って中兵衛が飛びかかろうとしたのも束の間、原吉は手近の土塀をひらりと飛び越えていった。

くそっ、と毒づいた中兵衛は、よたよたしながらも塀をなんとか越えた。その後ろに善八が続いた。

中兵衛の眼前には、雪が積もった庭が広がっていた。そこは商家の庭だった。

縄張内の商家のことだけに、その庭に大きな池があり、たくさんの鯉が泳いでいることを中兵衛は知っていた。

氷が張っているはずの池にも、たっぷりと雪がのっていた。庭の木々にも、雪が貼りつくように降り積もっていた。

むろん原吉は、そこに大きな池があることなど知らないだろう。庭を一気に突っ切ることで、正面に見えている木戸を目指そうとしているようだ。

原吉が池の上を走りはじめたが、体が軽いせいか、氷が割れる気配はまったくなかった。

このままでは逃がしてしまうぞ、と焦った中兵衛は、氷よ割れろっ、と心で念じた。

だが池の氷に、ひびの一本も入るはずもなかった。

やはり駄目か、と中兵衛が落胆しかけたとき、雪の重みに耐えきれなくなったか、池のそばの古木がきしんだ音を立てるや、勢いよく倒れた。

原吉はそれをぎりぎりでかわしたものの、倒木は池を直撃した。どーん、と激しい衝撃音のあと氷が、ばきばきばき、と音を立てて割れはじめた。

うおっ、と声をあげた原吉は懸命に走ったが、次々と割れていく氷のほうが速かった。

あっという間に追いつかれ、ああ、と悲鳴を上げて、どぼん、と池の中に落ちていった。

同時に、氷に積もっていた雪が噴煙のように激しく吹き上がった。

原吉の姿は噴煙に隠されて、まったく見えなくなった。

それでも、噴煙がおさまった頃には必死に手で水をかいて浮き上がり、首だけをなんとか水面に出していた。

氷水も同然の水に体を浸した原吉は一瞬で体温を奪われたらしく、身動き一つできないかのように立ち尽くしていた。

中兵衛は庭の雪を蹴《け》散《ち》らして走りつつも、決して急ぐことなく池の向こう側に回った。

首から上だけを出して原吉は、かろうじて池の中に立っていた。

中兵衛は、瘧《おこり》のようにぶるぶると震えている原吉を冷たい目で見下ろした。

原吉は歯をがちがちさせて、中兵衛を力ない瞳《ひとみ》で見上げていた。

「上がれ」

冷たい声音で中兵衛は命じた。

「八丁堀の旦那《だんな》……」

原吉が惨めな風情で呼びかけてきた。

「情けねえことに、あ、あっしは体がかたまっちまって、まったく動けねえんですよ。どうか、あっしを引き上げてやってくだせえ。このままじゃ、本当に凍え死んじまう……」

か細い声で原吉が力なく懇願する。すでに抵抗しようとする気力もなく、今はただ、池から出してもらえることだけが唯一の望みのように思えた。

「よかろう」

快諾した中兵衛は善八に顔を向けた。

「善八、引き上げてやれ」

「承知しました」

池の淵《ふち》でかがみ込み、善八が原吉に手を差し伸べた。体をがたがた揺らしながら原吉が善八の手をつかんだ。

「ひゃあ、なんて冷てえんだ」

頓狂《とんきょう》な声を上げたものの、全身に力を込めた善八が原吉を池の外に引きずり出した。原吉が疲れ切ったように雪の上に横たわる。

善八が原吉から手を離した。

「旦那、こいつはまるで死人のように冷え切っていますよ」

「このざまなら、それも当たり前だろうな」

原吉は途切れ途切れの呼吸を繰り返し、横になったまま胸をしきりに上下させていた。顔は灰色で、唇は紫になっていた。

「よし、縄を打ちな」

中兵衛は善八に命じた。

「承知しました」

心得顔の善八が腰から捕縄を取り出した。

「立つんだ」

よろよろしながらも原吉が善八の言葉に従った。善八が原吉に縄をがっちりと巻く。

「よし、番所に戻るぞ」

号令をかけるように中兵衛はいった。あの、と原吉がおずおずと声をかけてきた。

「どこかに焚火《たきび》のようなものはありませんかい。あまりに寒くて、このままじゃあ、あっしは死んじまう」

原吉は冷え切った体を温めたくて、仕方ないようだ。

必死に追いかけてようやくつかまえたのに、ここでもし死なせるようなことになったら、すべてが台無しになってしまう。もっとも、ここで死のうが生きようが、原吉はどのみち死罪は免れないだろう。

この商家の者たちが濡縁《ぬれえん》にずらりと立ち、いったい何事かと、こちらを眺めていることに中兵衛は気づいた。すぐさま濡縁に歩み寄って商家のあるじと話をつけ、火鉢のある部屋に原吉を連れていった。

その部屋で、半刻《はんとき》ほど原吉を休ませた。そのあいだに原吉の着物は半乾きくらいになった。原吉は生気を取り戻したように見えた。

それは中兵衛と善八も同様で、外に出るのが億劫《おっくう》になったくらいだ。

「ありがとうございました」

殊勝な顔で原吉が中兵衛に頭を下げた。

「旦那はお優しいですねえ。あっしのような者の頼みを聞いてくださって……」

「優しいとかじゃねえ。おめえを死なせたら、元も子もなくしちまうからだ」

中兵衛はあるじに礼を述べ、原吉を北町奉行所に引っ立てた。

原吉は、武家屋敷を中心に百件以上の犯行を繰り返していた腕利きだった。

なかなか捕らえることができなかった原吉をものの見事に捕縛した中兵衛の評価は、町奉行所内で一気に上がったものだ。

いま振り返っても、と中兵衛は思った。あのときしかないという瞬間に木が原吉めがけて倒れるなど、摩訶不思議《まかふしぎ》としかいいようがない。

——俺には、霊妙な力があるのかもしれねえ。いや、それはさすがにねえか。やっぱり、ただの偶然だろう……。

「旦那、どうかしたんですか」

不意に善八の言葉が頭に入り込んできた。

「どうかしたって、なにがだ」

中兵衛は善八に目を向けた。

「いえ、旦那が急にまじめな顔になって黙りこくったものですから、ちょっと気になりまして……」

「ああ、ちと考え事をしていた」

——俺は悪運が強いんじゃなくて、普段の行いがいいからこそ、手柄に恵まれるんじゃねえか……。

きっとそうにちげえねえ、と中兵衛は確信した。

「よし、善八、行くぞ」

　はい、と善八が張り切った声を出し、歩きはじめた。

　その後、四半刻ほど経過したと思えるとき、前を行く善八が振り向いた。

「旦那、本所三笠町一丁目に入りましたよ」

　そうか、と中兵衛はいった。

「西木屋は、今もこの町にあるだろうか」

　足を運びつつ中兵衛はつぶやいた。なにしろ、仁休が深川常盤町一丁目へ越してきたのは、今から十五年前のことなのだ。

　江戸においては、それまで盛っていた店があっという間に衰退し、潰《つぶ》れていくのはなんら珍しくはない。

　十五年もの月日が流れた今、西木屋がすでに店を畳んでいるということは、十分にあり得た。

「ああ、ありましたよ」

　善八が明るい声を出し、指を差した。中兵衛の目も『口入』と墨書された看板を捉《とら》えている。

　建物の屋根には『西木屋』と記された扁額《へんがく》が掲げられていた。

「生き残っていたか。無駄足にならずに済んだようだな……」

ほっとした中兵衛は西木屋に足早に近づいた。ごめんよ、といって風にふんわりと揺れる暖簾《のれん》を払い、戸を開けた。

戸はがたつきもせず、するすると動いた。窓のない店内には行灯《あんどん》が一つ灯《とも》され、中は見通せた。客らしい者は一人もいなかった。

「いらっしゃいませ」

奥から張りのある声が飛んできた。立ち上がった一人の男が帳場格子をどけて、土間の雪駄《せった》を履く。

「いらっしゃいませ」

もう一度、同じ言葉を繰り返して中兵衛に近づいてきた。中兵衛の黒羽織を認めたか、あっ、と小さく声を出し、目をみはった。

「これはお役人」

中兵衛に向かって男が辞儀した。中兵衛は自身の名と身分を告げ、背後に控える善八も紹介した。

「藤森さまでございますね。お供のお方は善八さま。——手前は道之助《みちのすけ》と申します。どうぞ、お見知り置きを」

「道之助とやら、おめえがこの店のあるじか」

道之助をじっと見て中兵衛は問うた。さようにございます、と道之助が低頭する。

中兵衛は道之助をまじまじと見た。

――ふむ、思っていた以上に若いな。

まだ三十にもなっていないだろう。

――せいぜい俺と同じくらいの歳じゃねえのか……。

「道之助、歳はいくつだ」

すぐさま中兵衛はきいた。

「二十七でございます」

両膝《りょうひざ》に手を当てて道之助が答えた。

――一つ下だったか。

「親父はいるか」

仁休こと豪左衛門の中間奉公を扱ったのは、まちがいなくこの店の先代であろう。

「あの、父に御用でございますか」

うむ、と中兵衛は重々しくうなずいた。

「十五年前のことで、ちと話を聞きに来たんだ。おめえじゃ、詳しいことはわからねえんじゃねえかと思ってな……」

　中兵衛にいわれて道之助が顔を曇らせる。

「十五年前のことでございますか。その当時、手前はまだ十二歳で、手習所に通っておりました。なので、藤森さまのおっしゃる通り、この店にまったく関わっておりませんでした」

　口を閉じた道之助が申し訳なさそうな表情になった。

「実は、父の多実助《たみすけ》は五年前に他界しております」

「そうかい、すでに鬼籍に入っちまったかい」

　あの、と道之助がきく。

「十五年前のこととおっしゃいましたが、どのようなことでいらしたのでございますか。手前でも、お力になれるかもしれません」

　今はこの道之助に頼るしか手はねえな、と中兵衛は気持ちを定めた。

「知りてえのは豪左衛門という男のことだ」

　道之助を凝視して中兵衛は、十五年前になにがあったか、あらましを説明した。

　聞き終えた道之助が点頭する。

「十五年前の冬、父が豪左衛門さまとおっしゃる方の請人になり、武家屋敷に中間奉公させたのでございますね。藤森さまは、豪左衛門さまがどこの出なのか、そのことをお知りになりたいのでございますね」

「はっきりいえば、豪左衛門の正体を知りてえんだ。請人になる以上、多実助は奉公先に対し、豪左衛門の身分や人柄、労働の能力などを保証したことになるはずだ。悪さをされてはたまらねえから、多実助は豪左衛門にいろいろと質《ただ》したんじゃねえかと思うんだが、ちがうか」

「おっしゃる通りでございましょう」

これまで何人もの請人になってきたようで、道之助の瞳《ひとみ》に覚悟を感じさせる光がくっきりと浮かんだ。

「多実助は豪左衛門がどんな人物で、どこの出なのか、帳面に書き記したんじゃねえのか。俺はそれを見たくて、ここまで足を運ばせてもらったんだ」

「よくわかりましてございます。いま書類を探してまいりますので、しばしお待ちくださいますか」

「もちろんだ」

道之助を見やって中兵衛は快諾した。

「藤森さま、そちらに腰掛がございますのでどうぞ、お座りになってください」

壁際に置いてある長床机を指さして、道之助が奥に向かおうとする。すぐに足を止め、振り向いた。

「あの、その豪左衛門さまは、なにか阿漕《あこぎ》なことをしたのですか」

法度に触れるようなことをしたから、中兵衛がわざわざやってきたと道之助は考えたようだ。

「豪左衛門は犯罪人かもしれねえ。だが、もう焼死しちまったかもしれねえんだ」

ええっ、と驚きの声を上げて道之助が顔を歪《ゆが》ませる。

「火事で亡くなったのでございますか。それは、いつのことでございますか」

「昨晩だ」

ああ、と道之助が納得したような声を発した。

「真夜中に半鐘の音が聞こえましたが、もしやそれでございますか」

「ああ、そいつだ」

「さようにございましたか……」

首を振り振り道之助が奥へと進み、雪駄を脱いで三尺ほどの高さがある狭い帳場に上がった。

そこまで見届けて、中兵衛は長床机に腰をかけた。ふう、と自然に吐息が漏れる。

「善八、おめえも座らせてもらえ」

中兵衛はいざなったが、いえ、と善八がかぶりを振った。

「あっしはけっこうです」

身分のちがいを意識しているのか、こういうとき善八は必ず立ったままでいる。別にそこまですることはねえんだが、と中兵衛は思っているが、これも善八の性分なのだろう。

善八の父親の良七《りょうしち》も人物がかたかったから、善八はそのあたりのことを厳しく躾《しつ》けられているのかもしれない。

なんとなく疲れを覚え、中兵衛は目を閉じた。腹が減ってきたな、と思った。もうじき昼だから、それも当然だろう。

なにを食べるかな、と中兵衛は考えた。なんでもよいが、とにかくうまい物を腹に入れたい。

――ならば、揚物がいいかな。

長床机に座ったまま中兵衛は思案を続けた。

――ふむ、今日は天ぷらがいいかもしれねえ。いや、もう天ぷらしか考えられねえ。

善八も天ぷらは大の好物だから、いやとはいわないだろう。

——よし、今日の昼餉《ひるげ》は天ぷらだ。いい店に入らなきゃならねえぜ。

かたく心に決めて中兵衛は目を開けた。退屈しのぎなのか、善八が物珍しげに店内を見回していた。

つられて中兵衛も見た。さまざまな求人を記した紙が、壁にところ狭しと貼られている。

それらをじっくりと眺めてみると、武家への中間奉公が最も多かった。西木屋は武家屋敷への奉公を、特に得手にしているのかもしれない。

中兵衛が長床机に座ってから四半刻《しはんとき》ほどたった頃、帳場に座り込んで帳面を当っていた道之助がようやく立ち上がった。

「たいへん長らくお待たせいたしました。まことに申し訳ございません」

恐縮した声を上げて土間に下りた道之助が中兵衛のそばにやってきた。一冊の帳面を手にしている。

「ようやっと見つかりました」

額に浮いた汗を手ぬぐいで拭《ふ》き、中兵衛のために道之助が行灯《あんどん》を動かし、そばに寄せた。その上で帳面を差し出す。

「こちらにありました」

道之助が帳面を指さした。どれどれ、といって中兵衛はのぞき込んだ。

豪左衛門、という名が行灯の明かりに照らされてまず見えた。そこに記された年月日は、確かに十五年前の冬のものになっている。

まちがいねえな、と確信して帳面を手に取り、中兵衛は目を凝らした。

豪左衛門は備前《びぜん》岡山の出身になっていた。これに関しては、嘘をつく必要はないのではないか。

――仁休の故郷は岡山でちげえあるめえ。

帳面の記載によると、十六年前に岡山の町で大火があり、家が燃えてしまったために泣く泣く故郷を捨てて江戸に出てきたらしい。

豪左衛門はそう説明し、それを多実助は信じたのか、あっさりと請人になって豪左衛門を中間奉公に送り出したようだ。

豪左衛門は川東《かわとう》家という千二百石の旗本に半季勤《はんきづとめ》ということで奉公をはじめたが、どうやら体の具合が優れなくなったらしく、半分の三月でやめたようだ。

仮病を使ったにちがいあるまい、と中兵衛は思った。

その後、豪左衛門はどうしたのか。

驚いたことにまたしても西木屋から周旋を受け、今度は家を買ったのだ。それこそが深川常盤町一丁目の医療所だった。

家をぽんと買っちまうなんて、と中兵衛は仰天した。その家はいくらだったんだい、と思って帳面をよくよく見ると、三百両だった。

多実助は驚愕《きょうがく》したにちがいない。中間奉公を紹介した男がこれだけの大金をぽんと出せるなど、考えてもいなかったはずだからだ。

——豪左衛門の野郎は、いったいどんな悪さをしたんだ。

おそらく岡山で大罪を犯し、その地にいられなくなったのだろう。同時に莫大《ばくだい》な金を奪ったはずで、大勢の人々が暮らす江戸なら身を隠すのに絶好の場所と踏んで、やってきたに相違ない。

奉公先だった川東家の中間をやめる際、豪左衛門は違約金を西木屋に払ったかもしれない。ただし、豪左衛門にとっては、はした金に過ぎなかったはずだ。

こうして新たな人別を得た豪左衛門は、深川常盤町一丁目で医療所を開き、仁休と名乗って医者としての暮らしをはじめたのである。

——なにゆえ豪左衛門は、仁休と名乗ったのか。

それについても帳面に記載があった。多実助は、かなり几帳面《きちょうめん》な人物だったようだ。

買ったばかりの家で医業に携わることを豪左衛門が告げた際、多実助は、仁究という号がよろしいのでは、と勧めたらしい。

それを受けて豪左衛門は、仁を究めるのでなく仁を休むとするほうが自分には合っている、といって仁休としたとのことだ。

岡山で大罪を犯したためだな、と中兵衛は直感した。仁を究めるという号が、自分にふさわしくないと豪左衛門は熟知していたのだろう。

――豪左衛門の正体は犯罪人だ。それしかない。

あの焼死体が仁休かどうか、いまだにはっきりしないが、これ以上、道之助にたずねるべきことはなかった。

中兵衛は厚く礼を述べて、善八とともに西木屋をあとにした。

「旦那《だんな》、これからどこへ行きますか」

歩きはじめて五間も行かないうちに、後ろから善八がきいてきた。

「本屋がこの近くにねえか」

本屋ですか、といって善八が考え込む。

「旦那、どんな本屋がいいんですかい。草双紙なんかを売っている店ですか」

「いや、学術などの書物を扱っている店がいいんだが……」

「それなら、書物問屋ですね。旦那はなにか調べるつもりなんですね」

「そういうことだ。善八、書物問屋に心当たりはあるか」

「ええ、あります。早速まいりましょう」

自信たっぷりにいって善八が先導をはじめた。善八に任せておけばまちがいねえだろう、と中兵衛は後ろについた。

本所三笠町一丁目から五町ほど行ったところで、善八が足を止めた。

中兵衛も立ち止まった。見ると、目の前に書物問屋があった。屋根に掲げられた金色の扁額《へんがく》が、陽射しを浴びて光り輝いていた。

「文銘堂《ぶんめいどう》というのかい。どこか格式を感じさせる名だな」

ええ、と善八がうなずいた。

「書物問屋としては老舗《しにせ》ですし、世間に広く知られた店ですよ」

「ほう、そうかい。さすがにおめえは本読みだけのことはあるな」

「定町廻りにしては、旦那が知らな過ぎるような気がしますが……」

「俺の場合、本屋の類《たぐい》についてあまり知らねえだけだ。ほかのことに関しちゃ、町の隅々までこの中に入っているぜ」

鬢《びん》のあたりを中兵衛は指でつついた。

「はて、そうですかねえ」

異を唱えるように善八が首を傾げる。

「学術といいましたけど、旦那には目当ての書物があるんですか」

「ああ、あるぜ」

善八を見て中兵衛は首を縦に振った。

『田精見聞類従《でんせいけんぶんるいじゅう》』という書物だ」

中兵衛がすらすらと書名を述べたら、善八が、ええっ、と驚きの顔になった。

「なんで旦那がそんな難しそうな書物を知っているんですか」

「前に読んだことがあるからだ」

「いつ読んだんですか」

「半年ばかり前か。ちと疑問に思うことがあったんで例繰方に行って、なにかよい書物がないものか、きいてみたんだ。そうしたら『田精見聞類従』を勧められた。番所の書庫にあったから、すぐさま読んでみたところ、疑問に思っていたことはあっさりと解き明かされた」

「へえ、そんなことがあったんですか。知りませんでした……」

「そうか、おめえに伝えてなかったか」

暖簾《のれん》を払い、中兵衛は文銘堂に足を踏み入れた。おびただしい数の書物が大きな台の上にのせられて販売されていた。

「いらっしゃいませ」

奉公人とおぼしき中年の男が小腰をかがめて近寄ってきた。

「お役人、ご苦労さまでございます」

「済まねえが、買物で寄ったわけじゃねえんだ」

そう断っておいてから中兵衛は奉公人にたずねた。

「『田精見聞類従』は置いてあるか」

「ええ、置いてあります」

笑顔で奉公人が首肯した。

「ご覧になりますか」

「ああ、是非とも見せてくれ」

「では、しばしお待ちくださいませ」

頭を下げて奉公人が奥に下がっていく。さして待つほどもなく、一冊の書物を手に戻ってきた。

「こちらでございます。どうぞ、ご覧くださいませ」

済まねえ、と感謝を口にして中兵衛は書物を受け取った。書名を見ると、確かに『田精見聞類従』とあった。著者は田精という人物である。

「その書物にはなにが書かれているんですか」

興味津々の顔で善八がきいてきた。

「この国で過去に起きた大火や洪水、地震などの災害について、まとめてあるんだ」

「へえ、そんな書物があるんですね」

ああ、と中兵衛はいった。

「相当の苦労とともに書き上げられた一作だ。作者をねぎらいたくなるぜ」

「そんなにすごい書物なんですね。いつ出版されたんですか」

「この書物が世に出て、まだそんなにたっていねえんだ。せいぜい四年前のことじゃねえかな」

「かなり新しい書物なんですね」

「だからこそ、十六年前の岡山での大火が本当のことだったら、必ず載っているにちげえねえとにらんだんだ」

「ああ、そういうことでしたか」

晴れやかさを感じさせる声で善八がいった。

「十五年前の冬に仁休先生が西木屋のあるじだった多実助さんにいったことが本当なのか、旦那は確かめに来たんですね」

うむ、と中兵衛は顎《あご》を引いた。

「『田精見聞類従』は信用できる書物だ。偽りは一切、書いていねえ。作者のすさまじいまでの苦心が読んでいて、ずしりと伝わってくるほどだからな」

店内に置かれていた長床机に、中兵衛は尻《しり》を預けた。それから『田精見聞類従』を膝《ひざ》の上で開き、目を落とす。

山陽道《さんようどう》の項目にまず目を当て、さらに岡山と記されているところを開いた。

これまで岡山という町がどれだけの災難に遭ってきたか、羅列してあった。中兵衛は目を皿のようにして十六年前の大火を探した。

だが、見つからなかった。

「ねえな」

善八を見やって中兵衛は告げた。

「じゃあ、仁休先生は嘘をついたんですね」

「いや、嘘じゃねえかもしれねえ。十六年前の岡山で、本当に大火はあったのかもしれねが、『田精見聞類従』に載らなかった程度の火事だったとも考えられる」

いや、といってすぐさま中兵衛もかぶりを振った。

「『田精見聞類従』に限ってそれはねえな。善八のいう通り、仁休は嘘をついたんだ」

これで、と中兵衛は思った。

——仁休が大罪を犯して江戸にやってきたのが、はっきりしたな……。

岡山を出てきた理由として火事を引き合いに出していることから、仁休は火事に縁があるのかもしれない。

なにしろ、燃え盛る家から二人の幼い兄弟を、自分の身を顧みることなく助け出したくらいなのだ。

ふむ、といって中兵衛は『田精見聞類従』を見つめた。もしかしたら、と思った。

——大金を奪った仁休は岡山で火付けをし、そのときに誤って子供を焼き殺してしまったのかもしれねえ。二人の兄弟を火事から救ったのは、罪滅ぼしだったか……。

だからといって、あの焼死体が仁休かどうか、いまだにはっきりしない。

仁休は復讐者《ふくしゆう》に焼き殺されたのか。それとも、復讐者を返り討ちにし、家に火を放って死骸《しがい》を焼いたのか。

――どうにもわからねえ。

それに今朝、深川常盤町の町役人の萩右衛門と一緒にいるとき、こちらを見ていた怪しい男のことも気になる。

――あの男はいったい何者だい。仁休と関わりがある者なのか……。

手詰まりだな、と中兵衛は思った。奉公人に『田精見聞類従』を返し、礼をいって文銘堂をあとにした。

「旦那《だんな》、これからどこに行きますか」

そうさな、といって中兵衛は空を仰ぎ見た。

「まずは腹ごしらえをするか。善八、腹が減っただろう」

「ええ、いわれてみればだいぶ減っていますね。旦那、なにを食べますか」

目を輝かせて善八がきいてくる。

「今日は天ぷらが食べてえんだ。善八、それでいいか」

「天ぷらなら、手前にはなんの文句もありませんよ」

「なら善八、案内しな」

わかりました、と声も高らかにいって善八が先導をはじめた。

第四章

一

善八はなかなか足を止めない。刻限は昼の九つを過ぎ、中兵衛の空腹は耐えがたいものになっている。

善八、と中兵衛は、前を進む背中に声をかけた。

「どこまで行く気だ」

えっ、という顔で善八が振り返る。

「深川山本町《やまもとちょう》です」

「そこに目当ての店があるんだな」

「もちろんですよ」

張り切った声で善八が答えた。

「旦那も大好きな庄正《しょうまさ》です」

「庄正か、そりゃいいな」

へへ、と善八が笑う。

「どうせ天ぷらを食べるなら、おいしいところがいいと思いまして……」

「そりゃそうだ。下手な店に入って、後悔したくはねえからな」

「なにしろ天ぷらなんてあまりに久しぶりで、どうしても有名店に行きたくて……」

善八の気持ちは中兵衛にもよくわかる。

「それで、庄正にはまだ着かねえのか」

「あと少しです。今いるのは深川三好町《みよしちょう》ですから」

深川三好町は、広大な材木置場があることで知られている。運河を挟んで南側にある吉永町《よしながちょう》にも、同じように材木置場が広がっている。そのため、むせるのではないかと思えるほど濃い木材の香りが漂っている。

さらに一町ほど進み、名もない短い橋を渡った直後、中兵衛は鼻をくんくんとうごめかした。木材の香りに混じって、油の香ばしいにおいがしてきたのだ。

こいつはだいぶ近くなってきたな、と中兵衛は確信して面を上げ、通りを見やった。五間ほど先に、庄正という看板が見えている。

庄正は書物問屋の文銘堂から、およそ三十町の距離があったが、いつも以上に足早に歩いてきた甲斐《かい》があり、四半刻《しはんとき》ほどで店の前に到着することができた。

「ああ、着きましたね。庄正で食べられるなんて、夢のようですよ」

うまい上に廉価ということもあり、いつも賑《にぎ》わっている評判の店である。

「よし、入るとするか」

中兵衛は顎をしゃくり、庄正に向かって歩を踏み出した。暖簾《のれん》を払い、戸を開ける。油のにおいが鼻先に絡みついてきた。

敷居際に立って、中兵衛は店内を見回した。案の定というべきか、すでに客が一杯で、座れそうなところはどこにもない。

そりゃそうだよな、と中兵衛は思った。もともと繁盛店の上、今は昼どきという最も混む時間帯である。

そのとき不意に、誰かの眼差しを感じた。むっと身構えたのも束の間、一瞬で眼差しは消えた。

——なんだ、今のは。

中兵衛は店内を見回した。誰もが幸せそうに天ぷらを食している。勘ちがいだな、と中兵衛は気にしないことにした。

――おっ。

二畳ほどの広さの小上がりに一人で座っている男に、中兵衛は目を当てた。

――あれは来造《らいぞう》じゃねえか。いいところにいてくれたぜ。

内心で舌なめずりをして足早に来造に歩み寄った中兵衛は、おい、と声をかけた。

箸《はし》を手にしたまま見上げた来造が、あっ、と声を上げ、笑みを浮かべる。

「これは藤森の旦那――。お久しぶりです」

「うむ、本当に久しぶりだな」

中兵衛も穏やかに笑いかけた。来造があわてて箸を置き、畳に両手をついた。

「ご無沙汰《ぶさた》してしまい、まことに申し訳ありません」

町方同心に向かって平伏した来造を見て、客たちが目を丸くする。いきなりそんな真似をされて、中兵衛は泡を食った。

「馬鹿、来造、とっとと顔を上げろ」

中兵衛は、町人たちに威張っているように見えるのがなにより嫌いなのだ。

「はい、ありがとうございます」

背筋を伸ばして座り直し、来造が中兵衛を見つめる。中兵衛は来造の肩にそっと手を置いた。

以前に比べたら、格段に肉づきがよくなっている。安堵《あんど》して中兵衛は手を引いた。

「来造、元気そうだ」

「藤森の旦那も、ご壮健そうでなによりでございます」

来造が中兵衛の背後にいる善八に気づき、丁寧に頭を下げる。善八が会釈と一緒に笑みを返した。

「ああ、藤森の旦那、どうぞ、お座りになってください」

来造が体をずらし、中兵衛たちのために場所を空けた。

「いいのか」

端《はな》からその気で来造に声をかけたのだが、中兵衛は一応、遠慮の姿勢を見せた。

「もちろんでございます」

「じゃあ、座らせてもらうとするか」

中兵衛は雪駄《せった》を脱ぎ、来造の向かいに座した。失礼します、といって善八が来造の隣に端座する。

──よし、来造のおかげで首尾よく席を手に入れることができたぞ。

俺はいつも運に恵まれているなあ、と中兵衛はうれしく思った。

店の壁には、天ぷらの品書きがずらりと貼られている。あまりに種類が多く、すぐには選べない。

「来造、おめえはなにを食べているんだ」

首を伸ばして中兵衛は来造の膳《ぜん》をのぞき込んだ。

「手前は鯵《あじ》と鱚《きす》、海老《えび》に烏賊《いか》でございます」

「どれもこれもうまそうだ。とてもいい選び方をしているな」

「はい、すごくおいしゅうございます」

来造が顔をほころばせる。

「旦那《だんな》は、なにを食べたいんですか」

中兵衛と同じで迷っているらしく、善八がきいてきた。

「来造と同じのでいいかと思っている。ただし、野菜も食いてえな」

「そいつはいいですねえ」

ごくりと喉《のど》を鳴らした善八が、旦那、といった。

「手前も旦那と同じ物を注文しても、いいですか」

「当たり前だ。せっかくの昼食だ。食べてえ物を食べればいい」

そこに、いらっしゃいませ、と小女が寄ってきた。茶が入った湯飲みを二つ、畳の上に置く。

「ご注文をうかがっても、よろしいですか」

うむ、と重々しくうなずいて中兵衛は小女を見上げ、すらすらと注文した。

「ありがとうございます」

明るい声でいって小女が厨房《ちゅうぼう》に注文を通しに向かう。

「楽しみだな」

中兵衛は、ほくほくと両手をすり合わせた。

「ところで来造、仕事のほうはどうだ」

顔を上げ、来造が中兵衛に控えめな眼差《まなざ》しを当てる。

「おかげさまで、よく売れています」

来造は、断酒薬をつくっている天散《てんさん》屋という薬種問屋に奉公している。薬は厳酒《げんしゅ》丸《がん》といい、かなり効くと評判である。

そうかい、と中兵衛はいった。

「やっぱり江戸には、酒をやめたいと思っている者が大勢いるんだな」

「さようで……。厳酒丸は決して安くない薬ですが、買い求める人は跡を絶ちません」

それを聞いて中兵衛は朗らかに笑った。

「天散屋での奉公は、おめえに合っているようだな。おめえも酒で苦労したが、その甲斐があったというものだ」

「おっしゃる通りでございます」

低頭した来造が笑みをこぼした。

「これも藤森の旦那のおかげです」

中兵衛は顔の前で手を振った。

「俺はなにもしちゃいねえ。来造、酒はもう飲みたくならねえか」

きかれて来造が苦笑する。

「もちろんです、といいたいところですが、ときおり喉が疼《うず》くように飲みたくなるときがあります」

「ああ、そうなのか……」

案じる目で中兵衛は来造を見た。

「藤森の旦那、大丈夫ですよ」

心配いらないというように、明るい表情で来造がいった。

「本当に信用してもらってけっこうです。手前は決して飲みませんから。飲みたいと思うことはあっても、自分をきっちり抑えられます。飲みたいという気持ちを、味わう余裕があるくらいですから」

　ほう、と中兵衛は小さく息を漏らした。

「そんな余裕があるのか」

「ええ、飲みたいという気持ちを楽しむ感じといいますか……」

「そこまでいえるんなら、本当に大丈夫のようだな」

「ええ、酒は二度と口にいたしません」

　きりりとした顔で来造が断言した。

「手前は藤森の旦那のおかげで生まれ変わったのです」

　これだけいえるのなら、と中兵衛は思った。女房ともうまくいっているにちがいない。

　やがて来造が食べ終え、箸《はし》を置いた。茶を喫して、懐から出した手ぬぐいで口を拭《ふ》く。

「ご馳走《ちそう》さまでした」

　来造が両手を合わせ、こうべを垂れた。

「来造、腹は一杯になったか」

　はい、と来造がにこりとした。

「あまりにおいしくて、少し食べすぎたようにございます」

「これから仕事かい」

はい、と再びいって来造が顎《あご》を上下させた。

「九つ半から得意先との打ち合わせがございます」

「九つ半かい。それなら、あまりときがねえな」

ええ、と来造がうなずく。

「藤森の旦那、ですので、手前はお先に失礼させていただきます」

頭を下げてから来造が静かに立ち上がり、土間の雪駄を履く。

「来造、達者でな」

「藤森の旦那も、どうか、健やかにお過ごしください」

「うむ、また会おう」

はい、と一礼して来造が帳場に向かう。

「来造さん、顔がだいぶ変わりましたね」

感じ入ったように善八がいった。

「ああ、ずいぶんすっきりしたな。前はむくんでいたが……」

来造は根はまじめでよい男だが、とにかく酒にだらしなかった。酒を少しでも飲むと、泥酔するまでやめず、人に絡むというのが常のことだった。

そこそこ腕のよい畳刺だったが、酒のせいで仲間と衝突し、どこの職場でもすぐに親方にやめさせられた。酒のことで恋女房とも、しょっちゅう喧嘩《けんか》をしていた。

一度、夫婦喧嘩が激しくなりすぎたことが原因で、縄張を見廻《みまわ》っている最中の中兵衛が長屋の大家に呼ばれたことがある。

来造は酒を飲んではいなかったが、無職で、その頃はいつも長屋でごろごろしていた。そのことが、近くの惣菜《そうざい》屋で働くなど懸命に家計を支えていた女房の怒りを買い、大きな夫婦喧嘩につながったのである。

夫婦喧嘩をなんとかおさめたのち、なぜ職に就かないのか、中兵衛は来造にきいた。

どうせどこへ行っても長続きしない。独り立ちをしたいが、それができるだけの金もないし、客もいない。むろんそれだけの腕もない。そんな言葉を来造は口にした。

なぜ畳刺になったのか、と中兵衛は来造に質《ただ》した。なんとなく畳を作る仕事がおもしろそうに思えたので十三歳のときに、ある親方に弟子入りしました、と来造は答えた。

おめえは畳刺が実は好きじゃねえんじゃねえのか、と中兵衛はさらに突っ込んでたずねた。好きだと思うのですが、という来造の返事を耳にして、好きな者は好きですとはっきりいうものだ、と強い口調で語った。

酒はやめてえのか、となおも中兵衛がきくと、はい、実はやめたくてならないのです、と悲壮感を漂わせて来造がいった。

意外な言葉だったが、酒を飲んで諍《いさか》いを引き起こすのはもう懲り懲りなのだろう、と中兵衛は来造の心中を察した。

その思いが本当ならちょうどいい奉公先がある、といって来造を天散屋に紹介することにしたのだ。

ただし天散屋のあるじからは、酒飲みを雇うことはできません、と前もって聞かされていた。しかしうちで働いているのは酒でひどく苦しんだ者ばかりですよ、とあるじは笑っていっていた。

酒で苦しい思いをした者だからこそ、断酒をしたいという人の思いがよくわかるに相違ない。それゆえ、厳酒丸を嘘偽りない気持ちで勧めることができるのだろう。

中兵衛は来造に改めて酒をやめる覚悟があるかどうか質してから、その日のうちに天散屋に連れていった。

幸いにしてあるじは来造を気に入ってくれ、明日から通いで来てほしい、との言葉を来造に伝えた。

あの日から、と中兵衛は思った。一年半ほどたった。よくがんばったな、と目の前にまだ来造がいるのなら、肩を叩《たた》いてねぎらいたいくらいだった。

不意に横から、お待ちどおさま、という元気のよい声がした。小女が二つの膳《ぜん》を捧《ささ》げ持つようにして近づいてきた。

中兵衛と善八の前に、天ぷらがどっさりのった膳が置かれた。揚げ立ての天ぷらは、ほくほくとし、うっすら湯気を上げている。

「こいつは壮観だ」

中兵衛の口中は、唾《つば》があふれんばかりになった。

「どれも旦那《だんな》の大好物ばかりですね」

満面に笑みをたたえて善八がいった。ふふ、と中兵衛は笑い返した。

「おめえにとっても大好きな物ばかりじゃねえか」

ええ、と善八が顎を引く。

「こんなにおいしい物は、ほかにはありませんから……」

うむ、といって中兵衛は手のひらをすり合わせた。

「あるじの腕は確かだし、いつも新鮮な魚や野菜を仕入れているというからな」

中兵衛は箸を手に取った。膳には天ぷらの皿のほかに天つゆに飯、味噌汁《みそしる》、漬物が入った器が並んでいる。

「よし、熱いうちにいただくとするか」

中兵衛は海老《えび》の天ぷらに箸を伸ばし、天つゆにつけた。口に入れると、さくり、と音がし、海老の身が、ぷつりと切れた。旨味《うまみ》が一気に広がっていく。

「やっぱり庄正の天ぷらは最高だな」

まさしく至福のときといってよい。

「まったくですね」

天ぷらをほおばりながら善八がすぐさま同意する。

「ここの天ぷらを食べたら、よそでは食べられませんよ」

まったくだ、と中兵衛はいった。目の前の皿から天ぷらが猛烈な勢いで減っていき、あっという間にすべてが消えた。海老以外の鱚《きす》や鯵《あじ》、烏賊《いか》、野菜も格別に美味だった。

――ああ、これでおしめえかい。もっと食べてえが、俺もいい歳だ。このくらいで止めておくのがいいんだろう。胃がもたれるのもいやだし……。

もっとも、庄正の天ぷらを食べて腹が重苦しくなったことは一度もない。

すぐに善八も食べ終えた。茶を飲みながら名残惜しそうに膳の上を見ている。全部の天ぷらが消えたのが、嘘ではないか、と思っているような顔つきだ。

「よし、行くとするか」

善八に声をかけて中兵衛は立ち上がった。雪駄を履いて帳場に向かう。

懐に手を入れて財布を取り出し、代を払おうとしたが、もういただいています、と小女が意外なことをいった。

「なにっ」

来造の仕業としか考えられない。あの野郎、と中兵衛は心中で小さく笑った。

――ずいぶん味な真似をするじゃねえか。

ここは素直に奢《おご》られておくしかなかった。次に会ったとき、来造の代を持てばよい。そう心に決めて、中兵衛は財布を懐に戻した。

――しかし、来造も俺に奢れるまでになったのかい……。

そのことが、中兵衛はうれしくてならなかった。

二

すっかり満足して、中兵衛は暖簾《のれん》を外に払い、道に出た。

いきなり海のほうから強い風が吹きつけてきて、着流しの袖《そで》や裾《すそ》をばたつかせた。

さらに風は強さを増し、中兵衛は体を持っていかれそうになった。

——なんだ、こりゃ。

中兵衛が両足を踏ん張って耐えていると、風は行き過ぎ、あたりには静けさが戻った。

——ふう、ひでえ風だったな。砂埃《すなぼこり》が混じってなかったのは幸いだったが……。

それにしても、と思いつつ中兵衛は歩き出した。

——実にうまかったなあ。

先ほど食べたばかりの天ぷらを思い返して、中兵衛は笑顔になった。うまい物を食べたときの幸せは、いまだに続いている。

「それで旦那、これからどうしますか。どこへ行きますかい」

いかにも機嫌がよさそうな笑いを浮かべて、善八がきいてくる。ふむ、と中兵衛は鼻を鳴らし、足を止めた。

――さて、どうすればいいかな……。

腕組みをして中兵衛は自問した。仁休の一件でこれまでにほぼ明らかになったことを、とりあえず頭で整理してみることにした。そうすれば、なにかよい案が思い浮かぶかもしれない。

仁休は故郷の備前国岡山で、大罪を犯して逃げ出し、江戸にやってきた。口入屋の西木屋の斡旋《あっせん》により、三月だけ川東家という武家屋敷で中間奉公をし、新たな人別を手に入れた。

――悪事を働いて故郷をあとにしたのなら、豪左衛門という名も怪しいもんだな。偽りじゃねえのか……。

その後、仁休は同じ西木屋の周旋で深川常盤町一丁目の一軒家を三百両で購入し、そこで医者を開業した。

それほどの大金は、岡山で大罪を犯すことで得たものにちがいない。

仁休は深川常盤町一丁目で十五年ものあいだ身をひそめるように暮らしていたが、昨晩、火事で家が全焼し、焼死体が一つ出た。

その死骸《しがい》は仁休では、と思えたが、あまりに焼けすぎていて、中兵衛が検死を頼んでいる医者の香順にも、男なのか女なのかすら判別できなかった。

ただし、仁休が大事にしていた馬と鹿の根付を、死骸は大事に握り締めていた。

ただし根付だけでは死骸が仁休であるとの確証にはならず、今も仁休は行方知れずという扱いのままだ。

――あの仏は仁休ではねえ、と俺の勘は告げているが……。

なにかほかに忘れていることはねえか、と中兵衛は思案した。しばらくして、そういえば、と思い出した。

手習所のあるじの今次が昨晩、雲雀という女と一緒に寝ているとき、寝言をいっていたということだった。

――頼むぜ、仁休先生。

――仁休先生、金は約束通りに……。

今次がこの二つの寝言を口にしたと、雲雀はいったのだ。

「頼むぜ、仁休先生」というのは昨晩の時点で仁休がなにかしようとしており、それを今次がうまくいくように祈っていたということか。

昨晩というなら、火事しか考えられない。まるで自分が焼け死んだように見せかけるために、仁休はなにか細工をしたのだろうか。

それが本当に実現できるか今次は危ぶんでおり、そのためつい寝言に出てしまったということか。

となると、あの丸焦げの焼死体は、やはり仁休以外の誰かということになる。岡山で悪事を働いた仁休を仇《あだ》として追ってきた者がいたと仮定して、仁休はその者を返り討ちにした上で、死骸に馬と鹿の根付を握らせ、家に火を放って丸焦げの死骸にした。

仁休はなぜ自分が焼け死んだと見せかける必要があったのか。

考えられるのは、仁休を追ってきた者が一人ではなかったということだ。他の追っ手の目をごまかすため、焼け死んだということにしたかったのではあるまいか。

そういえば、と中兵衛は思い出した。今朝、火事場で会った男こそが、仁休を追っていた別の者なのではないか。萩右衛門と一緒にいた中兵衛を、じっと見ていた男である。

しかし、仲間が仁休に殺されたかもしれないのに、あの男はそのあいだ、いったいなにをしていたのか。

指をくわえて仲間が殺されるところを見ていたわけではあるまい。手分けして仁休を捜している最中に、仲間が殺されてしまったのか。

とにかく、と中兵衛は思った。追ってきた者を本当に返り討ちにしたのなら、仁休は今もどこかで生きていることになる。

——どこにひそんでいやがるのか。

そして、と中兵衛は思った。今次は今回の一件でどんな役割を果たしたのか。手習子をすべて失った今次が仁休に金を払う約束などするはずがないから、今次は仁休から金を「約束通りに」もらう側なのだろう。

今次は、追ってきた者を返り討ちにするために、なにかしようとしていた仁休の手伝いをしたのか。

今から今次に話を聞きに行くか、と中兵衛は考えた。いや、とすぐに思い直した。——寝言のことを質《ただ》してみても、やつはしらを切るに決まっている。行ったところで無駄足だろう……。

まだなんの証拠もないのに自身番に引っ立てて、責めるわけにもいかない。今次はあまり気が強そうな男には見えなかったが、それは表向きだけのことかもしれない。

なにしろ、以前は下っ引をしていたのだ。それなりに修羅場をくぐってきているはずである。

仮に脅すように追及したところで、こちらの手の内は知られており、素直に吐くようなことは決してあるまい。

──今次は今のところ、捨て置くしかねえな……。

「ちと手詰まりだな」

下を向き、中兵衛はつぶやいた。その声が届いたようで善八が、旦那《だんな》は大変ですねえ、といいたげな目を向けてきた。

──善八、慰めは要らねえぜ。

心で告げてから中兵衛は、よしっ、と自らに気合を込めるようにいい、太ももを、ぱしん、とはたいた。

「聞心屋に行くことにしよう。ここからなら、大して遠くねえだろう」

ええ、と善八が肯定する。

「聞心屋は深川東永代町ですから、十町あまりというところですよ」

「十町なら、すぐに着くな」

はい、と善八がいって微笑んだ。

「旦那は、聞心屋さんで邦市さんに会うつもりなんですね」

そうだ、と中兵衛はいった。

「あいつは異様に勘が鋭いから、今回の探索に関して話をしてみれば、やつなりに気づくことがきっとあるにちげえねえんだ。なにか助言《じょごん》をもらえれば、と俺は思っている」

「邦市さん、酒はやめたんですかね」

どこか不安そうに善八がいう。中兵衛は苦い顔で首を横に振った。

「さて、どうかな。あいつの酒好きは、ちっとやそっとで治るような代物じゃねえからな。まるで筋金でも体に入っているかのような酒好きだ」

ええ、と善八が首を縦に振る。

「体を壊してまで飲み続けるというのが、手前にはさっぱりわかりませんよ」

「邦市は酒に関しちゃ、とめどがないからな」

「まったくですね」

同感の言葉を善八が口にした。

「旦那、とにかく急ぎ聞心屋さんにまいりましょう」

中兵衛の前に出て、善八がいそいそと先導をはじめた。

——ああ、そういえば善八は布美に惚《ほ》れているんだったな。

だから、早く顔を見たくてしようがないのだろう。

ふふふ、と微笑した中兵衛は善八の背中を追いかけるように歩き出した。

三

遅い昼餉《ひるげ》を台所横の部屋で食していると、おーい、と裏手から野太い男の声がし、勝手口の戸が、どんどん、と叩《たた》かれた。

箸《はし》を持つ手を止めた功兵衛は、誰が来たのだろう、とそちらを見やった。糸吉も勝手口に顔を向けている。

「あの声は……」

つぶやいて、功兵衛たちと一緒に昼餉をとっていた布美が立ち上がった。

「でも、こんな刻限なのに……」

不思議そうにいって布美が台所の土間に下り、支《か》ってあった心張り棒を外して勝手口の戸を半分ほど開ける。

「ああ、藤森さま……」

敷居際に立ち、こちらに背中を見せている布美がどこか戸惑ったような声を出した。

「昼間に見えるなんて、珍しいですね」

ああ、と藤森と呼ばれた男がいった。

「ちょっと近くに来たものでな、寄ってみたんだ」

――藤森というあの男は、聞心屋にとって迷惑な客なのだろうか。

功兵衛は布美の様子をじっと観察した。もし布美が助けを求めてきたら、すぐさま駆けつけられるよう、気を引き締め直した。床の刀を手元に引き寄せる。

「なんだ、布美。ずいぶんかてえ顔をしているじゃねえか」

藤森が不審そうな声音でいった。

「えっ、そうですか」

布美が自分の頰に触れたらしいのが、功兵衛から見えた。

「入ってもいいか」

低い声で藤森が布美にきく。

「あの、いま客人がいらしておりまして……」

「俺の顔を、その客にさらすわけにはいかねえか」

「藤森さまのことは、この家の者以外、伏せておきたいものですから……」

「そのことはよくわかっちゃあいるんだが……。客ってのは誰なんだ」

「遠方から見えたお方です」
「どこから来たんだ」
「それはいえません」
「客は一人か」
「いえ、二人です」
「町人か」
「お侍です」
「二人とも侍なのか」
「さようです」
「二人は同僚か」
「いえ、ちがいます」
「ならば、主従か」
「はい」
「名は」
「それもいえません」
「わけありの客ってことか」

「それもいえません」

こうまで矢継ぎ早に質問できるなど、と功兵衛は感嘆した。いったい何者なのだろう。

かなり訓練していない限り、次から次へ問いを発するなど、なかなかできる芸当ではないはずだ。

――もしや、あの藤森という男は町方役人なのではないか……。

この考えにまずまちがいないことに、功兵衛はすでに確信を抱いている。

「客人はいつここに来たんだ」

さらに藤森が問う。

「昨日です」

「来るという約束があったのか」

「それもいえません」

布美、と藤森が呼んだ。

「その客人の口は、かてえか」

「かたいと存じます」

布美がきっぱりと答えた。知り合ってまだ間もないのに布美が信頼してくれているのがわかり、功兵衛は胸が熱くなるのを覚えた。

「ならば、構わねえんじゃねえのか。口がかてえ客なら、俺の顔を見せても平気だろう」

「でも……」

布美、と藤森が再び呼んだ。今度は口調が強いものになっていた。

「俺は正直、その客人なんかどうでもいいんだ。邦市に会いに来たんだからな」

「邦市さんに……」

「邦市はいるのか」

「おりますけど、実は――」

不意に布美が小声になった。そのために、なんといっているのか、功兵衛の耳に届かなくなった。

だが、布美が藤森になにを伝えようとしているか、聞こえずともわかっている。

「なんだとっ」

いきなり藤森が大声を出した。戸が、がらりと音を立てて開き、黒羽織をまとった男が台所に、ずいと入ってきた。

身じろぎせずに功兵衛はその男を見つめた。やはり藤森は町方役人のようだ。

故郷の加瀬津でも、町奉行所の役人は今の藤森とほとんど変わらぬ恰好《かっこう》をしていた。大名家はたいていのことは公儀に倣うから、それも当然であろう。

今日、遅い朝餉《あさげ》をとっているとき、頼りにしている人がいる、と布美はいっていたが、この藤森のことを指していたに相違ない。

今は隠居した元同心を雇っているのではないかという意味のことを功兵衛は布美にいったが、そうではなく、現役の町方役人を顧問役のような者として、聞心屋は受け入れているのだろう。

――確かに、決して口外できることではないな……。

法度に触れる読売を扱っている読売屋に、町方役人が出入りしていることを外の者に知られるのは、互いに都合が悪いだろう。

外の者からは、町方役人が金をもらって聞心屋を目こぼししているように見えるだろうし、聞心屋は町方役人と結託し、江戸で次々に起きる事件の様子や内容をいち早く教えてもらっていると、勘繰られかねない。

藤森という町方役人が功兵衛に気づいたらしく、まっすぐ向かってきた。

その後ろに中間らしい若い男がいることに、功兵衛は気づいた。

「上がらせてもらうぜ」

布美に断って藤森が雪駄《せった》を脱ぎ、式台に足をのせた。それから敷居をまたぎ、功兵衛と糸吉がいる部屋に入ってきた。

中間は台所の式台に腰かけた。藤森を目で追っているだけで、その場を動く気配は感じられなかった。

藤森がなにか話しかけてくるのではないか、と功兵衛は身構えたが、藤森は無視するように行き過ぎ、部屋を突っ切って廊下に出た。邦市が寝ている部屋に赴くようだ。

申し訳なさそうな表情で布美が功兵衛の横を通り、藤森の後を追った。

功兵衛もただ座っているだけではならぬような気がし、立ち上がるや布美の後ろに続いた。

座敷の前で足を止めた藤森が布美を見て、ここか、と小声できく。さようです、と布美がささやくように答えた。

藤森が襖《ふすま》を静かに開けた。座敷内へ足を踏み出そうとして、ためらいを見せる。

「眠っていますか」

藤森に近づいて布美がひそやかにきく。

「よく眠っているようだ。怪我人をわざわざ起こすわけにはいかねえな。眠っている最中こそ、怪我や病は治りを早めているものだと聞くし……」

襖をそっと閉めた藤森が、その場をさっさと離れた。功兵衛をじろりと見てから、廊下を進んで台所横の部屋に入っていく。

藤森に続いて、布美が同じ部屋に足を踏み入れる。

功兵衛は布美に続いて敷居を越えた。まるで功兵衛を待ち構えていたかのように、藤森が部屋の真ん中であぐらをかき、こちらに目を据えていた。

功兵衛に張り合う気などなく、すぐに眼差《まなざ》しを伏せた。

布美が藤森の前に座し、功兵衛と糸吉は膳《ぜん》の前に座った。

「布美、聞きてえことは多々あるが、まずはそちらの方を紹介してくれねえか」

藤森が功兵衛から目を離さずにいった。承知しました、と布美が功兵衛と糸吉の名だけを藤森に伝えた。

「こちらのお役人は、北町のお番所で定町廻りを務めておられる藤森中兵衛さまでございます」

藤森が功兵衛を瞬きのない目で見る。

「永見さんとやら、おめえさんはどこから来たんだ」

先ほど布美は、これと同じ問いを受けたが、なにもいわなかった。答えてもよいか、という意味を込めて功兵衛は布美を見やった。

功兵衛の眼差しの意味を解したようで、布美が首を縦に揺り動かした。

功兵衛は中兵衛に目を向けた。

「石見国だ」

ほう、と中兵衛が嘆声を漏らす。

「確かに、ずいぶん遠いところから来たものだ。ただし、石見国と一口にいっても広かろう。石見国のどこだい」

「それはいえぬ」

「なにゆえ」

瞳《ひとみ》を鋭く光らせて中兵衛がいった。その目を見て、功兵衛は感嘆の思いを抱いた。

――なかなか迫力があるな。犯罪人がこの目でにらまれたら、小便をちびってしまうかもしれぬ。

この藤森という定町廻りは、と功兵衛は思った。かなりの腕扱《うでこ》きなのではないだろうか。

――なるほど、布美どのが顧問役として迎え入れるわけだ。

「町方役人に話す義理はないからだ」

平然とした態度で功兵衛は中兵衛に告げた。

「まあ、そりゃそうだな」

中兵衛が、ふっ、と息を漏らし、少し笑った。その笑顔には愛嬌《あいきょう》があり、かわいげのようなものが垣間見《かいまみ》えた。

――藤森どのは、きっとよい男なのだろうな……。

布美が礼を尽くして対していることから、中兵衛は人品卑しからざる人物といってよいのではないか。

「永見さんは、れっきとした家中の士か」

さらに中兵衛が問うてくる。

「うむ、二本差だ」

功兵衛は、床に置いてある刀を手で指し示した上で、腰に差している脇差《わきざし》に触れてみせた。浪人ではないことを、中兵衛にはっきり伝えたのだ。

江戸においては、無宿狩りというものが行われているらしい。公儀に浪人であるとみられれば、無宿狩りの対象になりかねない。

「永見さんはいつ国元から出てきた」

やや強めの口調で中兵衛がきく。

「江戸には昨日、着いたばかりだ」

「後ろの若い者と出てきたのだな」

「そうだ」

「なにか所用があって出てきたのか」

「そういうことだ」

「どんな所用だ」

功兵衛はかぶりを振った。

「それはいえぬ」

斉晴からの命は、決して口外できるものではない。

「主君か上役の命で、江戸へ出てきたのだろう。ちがうか」

その問いに対して功兵衛は無言を貫いた。

「それもいえねえか。だが、公用で出てきたのはまちがいあるめえ」

決めつけるように藤森がいった。

「それにもかかわらず、永見さんは上屋敷ではなく、ここ聞心屋の世話になっているのか」

ぐいっと身を乗り出し、中兵衛が功兵衛をねめつける。

「それとも、公用じゃあねえのか。それゆえ、上屋敷に入れねえのか。もしや罪でも犯して、国元を出奔してきたんじゃねえだろうな」

どこか挑発するように中兵衛がいった。そんな挑発に乗る気はなかったが、功兵衛は、ここはいえるだけのことはいっておこう、と決意した。

「公用で出てきたのだが、上屋敷には行けぬ。わけありというのは、そういうことだ」

声に力を込めて功兵衛は説明した。中兵衛が居住まいを正し、端座する。

「そのわけというのを、話しちゃくれねえか。きっと力になれると思うぜ」

力説する中兵衛を見て功兵衛は、その通りかもしれぬな、と思った。布美が信頼を寄せている男なのだ。必ずや力を貸してくれるだろう。

「藤森どのは、いかにも信用できそうだ。だが、今は申しわけないが、話すことはできぬ。いずれときが来たら話そう」

「ときが来たら、か。まあ、仕方ねえな。犯罪人でもねえ者を、無理に吐かせるわけにもいかねえし……」

中兵衛がふと気づいたような顔をした。

「なんだ、昼餉《ひるげ》の最中だったのか。俺に構わず食べてくれ」

「残すのももったいないゆえ、そうさせてもらおう」

功兵衛は箸《はし》を取り、残った飯やおかずを食しはじめた。糸吉も、いただきます、といって箸を握った。

布美だけは手をつけようとしなかった。

「それで藤森さまは、なぜ邦市さんに会いに見えたのですか」

それは功兵衛も疑問に感じていたことだ。腕扱きの定町廻りが邦市にどんな用事があるのか。

「ああ、それだ」

大きくうなずいて、中兵衛が再びあぐらをかいた。

「その前にきいてえのは、なにゆえ邦市は刺されたのか、ということだ」

中兵衛にいわれて布美が、邦市の身になにが起きたのか、あらましを話す。

聞き終えた中兵衛が顔をしかめる。

「じゃあ、邦市が誰にやられたのか、まったくわからねえのか」

「その通りです」

悪びれることなく布美が答えた。

「朝方にこの家に忍び込んできた者にやられたとしか、わかっちゃいねえのか……」

苦い顔で中兵衛が顎《あご》をなでさする。

「いま邦市が首を突っ込んでいる五つの事件の中で、怪しいのはやはり役人の賄賂《わいろ》と薬種問屋の偽薬だろう。だが、どちらも決め手に欠けるな。その五つの事件とはなんの関わりもない者に、邦市はやられたのかもしれねえし。なにしろ邦市は喧嘩《けんか》っ早いからな……」

うーむ、とうなって中兵衛が腕組みをする。

「伯備屋という煮売り酒屋で、邦市が喧嘩になりそうになった男も気になるな……」

ええ、と布美が相槌《あいづち》を打つ。

「しかし、邦市のことだ。さっさと怪我を治して自分で下手人を見つけることだろうぜ」

「でも、肝の臓もかなり悪いようですし、怪我が治ったからといって、前のように動けるかどうか……」

「酒はやめそうか」

真剣な顔で中兵衛が布美にたずねる。

「やめると、はっきり口にしました」

ふむ、と中兵衛が鼻を鳴らした。

「酒飲みの言葉ほど当てにならねえものはねえが、さすがに血を吐いたら、やめざるを得ねえか……」

「そう願いたいのですが……」

か細い声で布美がいった。ともかく、と中兵衛が声を張り上げる。

「邦市の命に別状がなかったのは、なによりだ。布美、庵勇先生に来てもらったのは、お手柄だったぜ。この界隈《かいわい》で名医と呼べるのは、庵勇先生だけだからな。代は、目の玉が抜け出そうになるほど高えが……」

江戸の町方役人でも、と功兵衛は箸を置いて思った。庵勇の医療代は恐ろしく高いと感じるのだ。そのことに、なんとなくほっとしたものを覚えた。

「庵勇先生は、たまたま医療所にいらっしゃいました。つまり邦市さんの運がよかったということでしょう」

「本当に運がよかったのかどうか、試されるのはこれからだ」

思慮深げな表情で中兵衛がいった。

「前に庵勇先生から聞いたが、肝の臓をやられて血を吐いた者で五年後に生き残っているのは、百人のうちたった十四、五人に過ぎねえそうだ」

その話は布美も聞いているはずだが、まるで初めて耳にしたかのように、それは本当ですか、と中兵衛に問うた。

「まことに微々たる数ですね。その十四、五人のうちに、邦市さんが入ってくれたらよいのですが……」

「本当だな。邦市には五年後も十年後も生きていてほしいものだ」

あの、と布美が中兵衛に語りかける。

「庵勇先生に来ていただいたことで邦市さんが助かったのは紛れもない事実なのですが、その前に永見さんと糸吉さんが血止めをしてくださったおかげで、邦市さんは一命を取り留めた、と庵勇先生はおっしゃっていました」

布美がそこでいったん言葉を止めた。なんだとっ、と声を出し、中兵衛が功兵衛を見る。

「ですので、こちらのお二人がいらっしゃらなかったら、邦市さんは今この世にいなかったかもしれません」

「そうだったのかい」

感謝の籠《こ》もった目で、中兵衛が功兵衛と糸吉を見つめる。

「永見さんたちは、邦市の命の恩人というわけか……」

いや、と功兵衛は首を横に振った。

「俺たちは大したことはしておらぬ。邦市どのの命を救ったのは庵勇先生だ」

「だが、もし永見さんたちがいなかったら、邦市の血は止まらず、手遅れになっていたかもしれねえんだろう。やはり永見さんたちは命の恩人じゃねえか」

この通りだ、といって中兵衛が深々と頭を下げてきたから、功兵衛は心の底から驚いた。

――江戸の町方役人は、威張っておらぬのだな。

故郷の加瀬津では、町奉行所の役人は身分の高い侍にはへつらい、町人たちに偉そうな態度を取る者ばかりだった。

それとも、この藤森中兵衛という人物だけがほかの町方役人と異なっているのだろうか。

そうかもしれぬ、と功兵衛は思った。布美が特に敬意を払って中兵衛に接しているように見えることから、そのことはうかがえる。

「藤森どのは邦市どのと、どのような関係なのだ」

そんな疑問が浮かび、功兵衛はすぐさまたずねた。中兵衛が面を上げる。

「済まねえが、そのことはいずれ話す」

「承知した。楽しみに待っていよう」

「そのときは永見さんも、わけありというのがどのようなことか、話してもらうぜ」

「ああ、わかった」

この男なら話せるだけのことは話してもよい、という気分に功兵衛はなっている。

「俺が邦市のことを、ことのほか大事に思っているのは——」

しゃべりはじめた中兵衛が、ふと口を閉ざした。

「布美、水をもらえねえか」

どうやら喉《のど》の渇きを覚えたようだ。

「はい、ただいま」

布美が立ち上がり、台所に下りた。瓶《かめ》から二つの湯飲みに水を汲《く》み、式台に腰かけている中間に一つを渡した。

部屋に戻り、残りの湯飲みを中兵衛に差し出す。

「かたじけねえ」

礼を述べて中兵衛が湯飲みを手にした。ほとんど一気に干して湯飲みを床に置き、ふう、と盛大な息をつく。

「ああ、うめえ。まさに甘露というやつだな」

「もっと召し上がりますか」

布美にきかれた中兵衛が、もう十分だ、といった。布美が空になった湯飲みを手に取り、自分の膳《ぜん》に置く。

中兵衛の様子を見た功兵衛は膳の上の湯飲みに手を伸ばし、すっかり冷めている茶を喫した。

うまいな、と思った。子供の頃から冷たい茶は好きだ。わざと冷まして飲むことも少なくなかった。

喉の渇きを癒《い》やして一息ついたらしい中兵衛が再び話しはじめる。

「俺は、これまで邦市に助言をもらうことでけっこう助けてもらってきた。邦市には返しきれねえ恩がある。だから、やつのことは大事に思っているし、どうしても死なれたくねえんだ」

中兵衛が必死の表情で言葉を吐き出す。

「本音をいえば、恩だけじゃねえ。もし邦市を失って助言を聞けなくなっちまったら、俺自身、かなり痛えのも、また事実だ。これは俺の都合に過ぎねえけどな……」

本当に痛みを覚えているかのように、中兵衛は渋面をつくっている。

「では、今日も邦市さんに助言をもらうためにいらしたのですか」

その通りだ、と中兵衛が布美に答えた。

「ちょっとした事件があったものでな。しかし、今日はあきらめるしかねえようだ」

残念そうにいって中兵衛が腰を上げようとする。

「お待ちください」

鋭い声を発し、布美が中兵衛を制した。

「布美、どうした」

瞠目《どうもく》して中兵衛がきく。

「藤森さま、そのちょっとした事件というのを、私たちに話していただけませんか」

「話してもいいが……」

あまり気乗りしないという顔だったが、中兵衛が座り直した。

「布美、なぜ事件のことを聞きてえんだ。読売の種にできるからか」

「もちろんそれもありますが、それだけではありません」

布美がきっぱりといった。

「こちらにいらっしゃる永見さんに、その話を聞いていただきたいからです」

なにっ、と功兵衛は驚愕《きょうがく》した。中兵衛も仰天したような顔である。

「なぜ俺に……」

「邦市さんが刺されたときにいろいろ話してわかったのですが、永見さんはとても頭の切れるお方です。そのちょっとした事件のことを話してみても、決して損はないと存じます」

「布美は、永見さんをそのような目で見ているのか」

中兵衛が確かめるようにいうと、布美が、はい、と大きくうなずいた。

「剣の腕が立つだけでなく、頭の巡りもとてもよいお方だと存じます」

そうかい、と口にして中兵衛が納得のいったような顔になった。

「布美の目は恐ろしいほど確かだからな……」

中兵衛がつぶやき、顔を転じて功兵衛を見つめる。

「永見さん、布美のいう通り、事件のことを話してみようと思うが、聞いてくれるか」

心構えなどろくにできていなかったが、功兵衛は、もちろんだ、と声高に告げた。

「是非とも聞かせてほしい」

ただちに姿勢を正し、功兵衛は中兵衛を凝視した。

軽く咳払《せきばら》いをし、中兵衛が話しはじめる。

中兵衛の話を聞き終えた直後、功兵衛が胸中に抱いたことは、仁休はまちがいなく生きている、との思いだった。そのことを中兵衛に伝える。

「なにゆえそう思うんだ」

中兵衛が功兵衛をにらみつけるようにしてきいてきた。

「焼け死んだ者が根付を手中に握り込んでいたなど、不自然でしかないからだ」

明瞭《めいりょう》な口調で答え、功兵衛は間を置かずに続けた。

「そんな真似ができる唯一の人物は、根付の持ち主の仁休しかおらぬ。仁休は、根付を握り込ませることで、自分は死んだと見せかけたかったのであろう。もっとも、そのことはすでに藤森どのも見破っているだろうから、仁休の目論見は成功したとは、とてもいえぬが……」

「なぜ俺が仁休の目論見をすでに見破っているといえる」

すぐさま中兵衛が問うてきた。

「藤森どのは頭のよい人だ。俺が即座にわかったことを、藤森どのほどの人がわからぬとは、とても思えぬ」

「別に俺は頭がいいわけじゃねえ。それだからこそ邦市に助言を求めに来るんだ」

「その助言も、すでに藤森どのの頭の中に漠然とあったことを、言葉にするためのものでしかなかったと、俺は思う」

「そんなわけがあるはずがねえ」

いきり立つように中兵衛がいった。

「邦市の助言は、本当にこれまで役に立ってきたんだ」

「その通りかもしれぬが――」

　功兵衛は穏やかに受けた。

「藤森どのは、もっと自分に自信を持つほうがよかろう。――俺のような者が、偉そうにいってしまい、まことに申し訳ないが……」

　中兵衛に向かって功兵衛はこうべを垂れた。

「いや、謝るようなことじゃねえんだが……」

　中兵衛が少しきまりの悪そうな顔をする。

「ならば、手習師匠の今次の寝言についてはどうだ」

「それについても、藤森どのは答えが出ているはずだが……」

「いや、今次の寝言に関しては、よくわからねえというのが正直なところだ」

「俺にもはっきりとはわからぬが、今次という人物が、仁休からなにかを頼まれたのは疑えぬだろう。金は後払いにちがいあるまい。仁休がもし捕まるようなことがあれば、すべてをふいにすることになってしまうから、今次の口から『頼むぜ』と祈るような言葉が出たのではあるまいか」

「金は後払いか。なるほど、それは考えなかったな……」

　中兵衛が満足したような顔になった。

「ならば、仁休は今どこにいるんだ」

「さすがにそこまではわからぬが……。仁休が持つ家作は、医療所だった家一つだけか」

えっ、と中兵衛が意表を突かれたような表情になる。

「いや、そいつはわかっていねえ」

「仁休は岡山で大罪を犯して江戸にやってきたとの話だが、いったいどれだけの金を手にしたのだろう。家を買うために三百両もの金をぽんと出せるのだろうから、とんでもない大金を手中にしたというのはわかるが、この十五年の暮らしのあいだに、ずいぶん減ったのではあるまいか」

「それはそうだろうな」

中兵衛が賛同してみせる。功兵衛は中兵衛を見やって言葉を続けた。

「俺はずっと貧乏暮らしだったからよくわからぬが、いくら大金だとはいえ、ひたすら金を使い続ける生活というものに、人は耐えられるのだろうか。金がただただ減っていくのを眺めるのを、我慢できるものなのか……」

「他から収入を得るために、仁休がほかにも家作を持っているのではないか、と永見さんはいうのか」

そうだ、と功兵衛はうなずいた。

「家賃などの収入があれば、それが毎月の余裕となる。好きな山鯨の肉も、好きなだけ食べられるだろう」

「なるほどな」

感動したように中兵衛がいった。

「仁休には、ほかに家作があったかもしれぬのか……」

「藤森どのには、仁休の家作について知るのになにか心当たりがあるのか」

「うむ、ある。今からそこへ行ってみようと思っている」

「仁休が家を購《あがな》ったときに使った口入屋か」

功兵衛がいうと、中兵衛が目を丸くした。

「よくわかるな」

「職業の紹介だけでなく家や土地の周旋というのも、口入屋の大事な仕事だろうからな。家を買ったのと同じ口入屋を仁休が使ったとしても、なんらおかしくはない」

永見さん、と中兵衛が呼びかけてきた。

「俺と一緒に行かねえか。おまえさんがそばにいれば、探索があっという間に進みそうな気がするぜ」

「いや、それはできぬ」

功兵衛は即座に断った。

「なぜだい」

中兵衛が興醒《きょうざ》めしたような顔できく。

「俺には聞心屋の用心棒という仕事があるからだ。それゆえ、ここに残らねばならぬのだ」

「用心棒か。布美に雇われたんだな」

「そうですが、永見さん、私は構いませんよ」

横からいきなりいったのは布美である。なにをいっているのか、しかとつかめず、功兵衛は布美に目を向けた。

「それは、藤森どのと一緒に出かけてよいという意味か」

功兵衛は布美に確かめた。

「さようです」

さらりと布美が答えた。

「永見さんなら、藤森さまと一緒に働けば、仁休という悪者を捕まえることができると思うのです」

「しかし、俺が外に出てしまうと、この家を守る者がいなくなってしまうが……」

「大丈夫です」

思い切りのよい声で布美がいい切った。

「この家には屈強な者が何人もいますから、永見さんが留守にしているあいだは、その者たちが必ず守ってくれます」

「しかし……」

「その代わり、永見さん」

布美が声を高くした。

「仁休の事件の顚末《てんまつ》を事細かに覚えておいてください。それだけはきっとお願いします」

布美の意図は明白だ。

「読売にするのだな」

やはり江戸の者だけあって、抜け目がないのだ。

「そのつもりでいます。苦労なさっている藤森さまには悪いのですが、とてもおもしろそうな事件ですので……」

できれば布美自身が中兵衛とともに行きたがっているのではないかと思うが、聞心屋の娘が定町廻り同心と一緒にいるところを、町の者に見られるわけにはいかないのだろう。

功兵衛に行かせ、事件の詳細をつかんでもらう。それで十分に読売として成立すると考えているのではないか。

まことによいのか、と功兵衛はもう一度、布美に確かめようとしたが、何度質《ただ》したところで布美の気持ちが変わることはないだろう。

――行くしかなさそうだな。

功兵衛は覚悟を決めた。

「承知した」

布美に伝えて功兵衛は中兵衛に眼差《まなざ》しを注いだ。

「よし、一緒にまいろう」

「そりゃ、ありがてえ」

中兵衛が勇んで立ち上がった。刀をつかんで功兵衛もそれに倣った。

糸吉も当然、功兵衛と一緒に行くつもりでいるようで、素早く腰を上げた。

「糸吉、俺とともに行くのであれば、これから起きることの委細を、すべて覚えておくのだぞ。俺の代わりに、すべてを記憶しておくのだ。承知か」

「承知しました」

殊勝な顔で糸吉が答えた。

「それならよい」

功兵衛は笑みを浮かべた。それを見て糸吉がうれしそうにする。

「よし、行くか」

気合をかけるようにいった中兵衛を先頭に、功兵衛たちは台所横の部屋を出た。

台所の式台に座っていた中間が、功兵衛たちが来るのを土間に立って待っていた。

その中間の名を、中兵衛が功兵衛と糸吉に教える。

「かわいがってやってくれ」

「承知した。善八どの、よろしく頼む」

功兵衛は名乗り返し、糸吉を紹介した。

「こちらこそ、よろしくお願いいたします」

律儀な男らしく、善八が深々と腰を折った。その名の通り、いかにも善良そうな面立ちをしていた。

四

路地に人けがまったくないことを確かめてから、功兵衛たち四人は聞心屋の裏口をこっそりと抜け出た。

連れ立って路地を歩きはじめる。

「今から向かうのは本所三笠町一丁目だ。そこに西木屋という口入屋がある」

前を行く中兵衛が功兵衛に説明する。

「十五年前に仁休が新たな人別を得、深川常盤町一丁目の家を周旋してもらった口入屋だな」

その通りだ、と中兵衛がいい、善八に声をかけた。

「ここから本所三笠町一丁目まで、どのくらいかかる」

「多分、半刻《はんとき》ほどではないかと思います。まず東へ向かい、そのあと北を目指します」

土地鑑がほとんどない功兵衛は、中兵衛と善八のやり取りを聞き、そのくらいで着くのか、とぼんやり思った。

善八のいう通り半刻かかって西木屋に到着したにしても、日暮れまで一刻半以上の余裕があるはずだ。西木屋のあるじから仁休について話を聞くのに、十分なときがあると考えてよい。

全身に力を入れて足を進めてしばらくしたとき、おや、と功兵衛は首を傾げた。聞心屋を出てまだ一町も行っていないが、背後に妙な気配を覚えたのだ。

——もしや、つけてきている者がいるのか。それとも、聞心屋を見張っている者がいたのか。いや、主家からの追っ手か……。

いったい何者だ、と思い、功兵衛は身構えるようにして背後の気配を探ってみた。だが、それを覚《さと》ったかのように気配は一瞬でかき消えた。

——ちっ、感づかれたか……。

気になって功兵衛は後ろを振り返った。

「永見さん、どうかしたのか」

前を行く中兵衛にいきなりきかれ、功兵衛は目を見開いた。

「こちらに背中を向けているのに、よくわかるな」

「そりゃ、わかるさ」

なんでもないことのようにいって中兵衛が振り向いた。

「わずかながらも着物が擦れる音が聞こえたからな。それゆえ、永見さんに落ち着きがないことは、難なく察することができる」

「さすがだ」

「それで、なにがあった」

先ほどの気配のことを伝えておくべきだな、と思い、功兵衛は足早に中兵衛に近づいてささやきかけた。

「なにっ。それは何者の気配だ」

中兵衛が驚きの顔を向けてくる。

「そこまではわからぬ。一瞬で消えてしまったゆえ」

「そやつは聞心屋を張っていたのだろうか」

「そうかもしれぬ」

いやな思いが功兵衛の心に根を張っていく。

「まさか邦市を刺した者ではなかろうな」

思いついたように中兵衛がいった。だとしたら、と功兵衛は思った。すぐに聞心屋に戻るほうがよい。

そうすべきだ、と功兵衛が決断しかけたとき、またしても妙な気配を感じた。体が一瞬、かたくなった。

それを見逃さず、中兵衛が声をかけてくる。

「また気配を感じたのか」

そうだ、と功兵衛は答えた。ならば、と中兵衛がすぐさまいった。

「俺たちがつけられているにちがいあるまい。聞心屋を張っていたなら、気配が動くはずがないからな」

その通りだ、と功兵衛は思った。

「永見さん、今も気配を感じるのか」

「ああ、感じる」

「その何者かは背後にいるのだな」

そのようだ、と功兵衛は応じた。

「俺たちから、どのくらい離れている」

「優に半町以上は離れていよう。一町はないと思うが……」

「よし、そやつを捕らえるとするか」

意気込んだように中兵衛が宣した。

「どうやって捕らえる」

「あの角を曲がり、そこで待ち構える」

中兵衛が軽く手を上げて指し示してみせたのは、十間ほど先の辻《つじ》だ。

そんな簡単な手に引っかかるものだろうか、と功兵衛は疑問を抱いたが、中兵衛の策はそれで終わりではなかった。

「あの角を曲がったら永見さんは別の道を使い、つけている者の背後に回ってほしい」

なるほど、と功兵衛はすぐさま理解した。

「挟み撃ちにするわけか。それはよい手だ」

褒められて中兵衛が相好を崩した。

「そうだろう。よし、やはりあの角でやろう。やるなら、早いほうがよいからな」

本来なら折れる必要のない角だが、大勢の人が行き交っている上、広い軒を持つ商家も建っており、尾行者の目をくらますのには恰好《かっこう》の場所に思えた。

決して急ぐことなく歩き、功兵衛たちは目当ての角を右に曲がった。

功兵衛は、尾行者の背後に出られそうな道を探した。三間ほど先に、小さな路地が口を開けていた。

功兵衛は中兵衛たちに目で合図してから、その路地に入り込み、西へ向かって一散に駆けた。

一町ほど走ったところで路地を右に曲がり、元の通りに近づいて、用心しつつ目を東へと向けた。

——あれか。

通りの端に寄って前のほうを気にしつつ足早に歩いている男の背中が見えた。功兵衛がいる場所から、半町以上の距離がある。

——あやつでまちがいないだろうか……。

通りには、怪しい動きをしている者はほかにいなかった。まちがいあるまい、と確信して音もなく走りはじめた功兵衛は、男との距離をあっという間に詰めていった。男はすでに、中兵衛たちが待ち構えているはずの角に差しかかろうとしている。功兵衛が遅れると、挟み撃ちにできなくなってしまう。

もしかすると角の先で待ち構えられているかもしれないと男も当然の如く考えているようで、慎重に辻に近づいていく。

男が商家の陰で立ち止まり、半身になって角の先を見透かすようにした。

そのときには功兵衛は、ほんの一間まで男に近づいていた。前を気にしている男は、功兵衛の接近にまるで気づいていない。

後ろ姿からでも男が若いことが知れた。まだ二十歳をいくつも出ていないようだ。ひどく日焼けし、着物は擦り切れている箇所も多かった。長旅をしてきたような感じだ。

男は町人の形《なり》をしていたが、腰に脇差《わきざし》を差していた。その姿が、あまりさまになっていないように功兵衛は感じた。

——何者だろうか。

よくわからないが、本物の町人とは思えなかった。だからといって、侍が町人の振りをしているようにも見えない。

「おい」

半間ほどまで近づいた功兵衛は、背中を見せている男に声をかけた。

はっ、とした男は振り向きもせずにいきなり駆け出した。

だが、功兵衛のほうが早かった。すかさず伸ばした手が男の肩に、しっかりかかっていたのだ。

男がその手を振りほどこうと激しく身動きしたが、功兵衛が腕に力を入れると、肩に痛みが走ったか、ぐむう、と低くうなった。

「観念しろ」

しかしその声が聞こえなかったように男が体を回し、功兵衛に殴りかかってきた。

功兵衛は拳《こぶし》を軽々とよけるや男の右側に出て、がら空きの首筋に手刀を入れた。

どす、と鈍い音が立ち、うっ、と苦しげにうめいて男が背中をのけぞらせる。

功兵衛はその隙に、男の腰から鞘《さや》ごと脇差を抜き取った。右側の腰帯に素早くねじ込む。

功兵衛の一撃を受けただけで、男は息も絶え絶えになっている。首筋を手で押さえて、顔を歪《ゆが》めていた。

「どうだ、まだやるか」

男を見つめて功兵衛は冷静な声でたずねた。

「いや、もうやらん」

あきらめたように男がいい、功兵衛を見る。

「腕がちがいすぎる。逆らっても無駄のようだ」

顔をしかめ、男が打たれた首筋をなでさする。

「まだ痛むか」

「いや、もう痛くはない」

首筋から手を離した男が、よろよろと動いて背筋を伸ばした。

「まあ、そうだろうな。手加減はしたゆえ」

男が悔しそうな目で功兵衛を見る。功兵衛は見返した。

「おぬしは何者だ。なにゆえ俺たちをつける」

男はなにも答えない。そこに中兵衛があらわれた。糸吉と善八も姿を見せた。

何事もなく無事だった功兵衛を目の当たりにして、糸吉が安堵《あんど》の顔になる。

「あっ、おめえは」

男を一目見て中兵衛が声を上げた。

「今朝、焼け跡で俺を見ていたやつじゃねえか。ほっかむりをしていたが、その目に見覚えがあるぜ」

その瞬間、男が走り出そうとする素振りを見せた。

「逃げるなっ」

功兵衛は男を一喝した。雷にでも打たれように男の動きがぴたりと止まった。

「逃げれば斬るぞ。今度は手加減せぬ」

功兵衛が脅すようにいうと、男がしゅんとなり、うつむいた。

「おめえはいったい何者でえ」

男に目を据えて中兵衛がきいた。

「江戸の者ではないな。道中差を帯びていたようだし……」

脇差ではなく道中差だったのか、と右の腰にある小刀に触れて功兵衛は思った。

正直なところ、両者のちがいはよくわからない。

中兵衛が間を置かずに言葉を継ぐ。

「おまえは岡山の出だろう。仁休を捕らえるか、亡き者にしようとしているはずだ。どうだ、ちがうか」

驚いたように男が顔を上げ、中兵衛を見る。

「その通りだ。だが、俺は岡山の出ではない」

なに、と中兵衛が間の外れたような声を発した。

「ならば、どこだ」

「広島だ」

「安芸《あき》国の広島か」

「そうだ」

仁休のやつめ、と中兵衛が憎々しげに口にした。

「西木屋でも、でたらめをいっていやがったか。考えてみれば、大罪を犯して江戸に逃げてきたのだから、正直に出身をいうはずがねえな。俺としたことが、しくじったぜ……」

「俺があの男を追ってきたとなにゆえ知っているんだ」

改めて男が中兵衛にきいた。

「見くびるんじゃねえ。俺は北町の定町廻りだぜ。足を擂粉木《すりこぎ》にして、いろいろと調べ上げたんだ」

男が中兵衛を感嘆の目で見る。

「さすがに江戸の定町廻りだけのことはあるな。まさか、そこまでつかんでいるとは思わなかった……」

「おめえ、なぜ俺たちをつけたんでえ」

中兵衛がすごむように男にきいた。

「町方役人の後をつけていけば、あの男のもとに連れていってもらえると踏んだからだ」

やはりそういうことだったか、と功兵衛は思った。

「目の付けどころとしては悪くねえ」

中兵衛が男をたたえるようにいった。

「ところで、焼け跡から出た死骸《しがい》はおめえの仲間じゃねえかと思うんだが、実際のところ、どうなんだ」

「仲間ではない」

辛《つら》そうな顔で男が断じた。

「まさかおめえ、あの死骸と関わりがないと、いうんじゃなかろうな」

「俺の弟だ」

今にも泣き出しそうな顔で男がいった。

「なんだと」

中兵衛が、平静さを失ったような声を発した。功兵衛も驚愕《きょうがく》せざるを得なかった。考えてもいなかったことである。

「そうかい、あれは弟だったのか。気の毒にな……」

うむ、と唇を嚙み締めて男がうなずいた。

「弟は、まちがいなくあの男に殺された」

「なぜ殺されたんだ。それに、なにゆえおめえはなにもされなかったんだ」

「弟と手分けしてあの男を捜していたからだ。昨日は暮れ六つに回向院《えこういん》の門前で会う約束をしていたが、弟はあらわれなかった……」

男は涙を必死にこらえる風情だ。

「弟に最後に会ったのはいつだ」

「昨日の朝だ」

「どこで会った」

「回向院の近くにある寺の宿坊だ。俺たちはそこで世話になっていた」

「寺に寝泊まりしているのか」

「仇討《あだう》ち旅というと、世話を引き受けてくれる寺や神社があるんだ」

「仁休を捜していたのは、仇討ちのためだったのかい」

そうだ、と男が首肯した。

「仇討ちだといえば、宿坊にただで泊めてもらえるのか」

「いうだけでは、さすがに無理だ。仇討ちを主君から許可していただいたという書状が要る」

「おめえは持っているのか」

「当然だ」

男が懐に手を入れ、油紙に包まれた一通の書を取り出した。

「これだ」

中身を確かめるまでもなかった。だいぶくたびれているが、それこそが紛れもなく本物の証だろう。

「この書状は、仇討ち旅に出る前に我があるじからいただいたものだ」

「主君持ちかい。おめえは侍なのか。そうは見えねえが……」

「医者だ」

「なら、仁休と同じか」

「やつと同列に扱わんでくれ」

男が激しい口調で抗議するようにいった。

「わかった」

中兵衛が穏やかに受けた。

「よし、歩きながら話すとするか」

中兵衛が通りを東へと進みはじめた。重い足取りながらも、男がその後ろに続いた。功兵衛と糸吉も歩き出した。

「これを返しておこう」

功兵衛は、腰から抜いた道中差を男に手渡した。

「かたじけない」

低頭して男が道中差を腰に差す。中兵衛がちらりと男を見る。

「俺は北町の番所で定町廻りを務めている藤森という者だが、おめえはなんていうんだ」

「春厳《しゅんげん》と申す」

名医の香りがするようなよい名だ、と功兵衛は思った。

「弟は」

「秋孝《しゅうこう》だ」

「秋孝どのは残念だった」

悔やみの言葉を中兵衛が述べた。

「仇討ち旅である以上、返り討ちは避けようがない。そればかりは、どうしようもないことだ」

潔く春厳がいった。ただし、唇は無念そうに震えている。

「弟はこのところ、長年にわたる仇討ち旅の疲れが出ており、体の具合がおもわしくなかった。いや、はっきりいえば悪かった。そこをあの男に付け込まれ、討たれてしまったのだろう」

悔しそうに春厳がいった。

「一人にしなければよかったのだ……」

春巌の目に涙が浮かんだ。

「済まん。恥ずかしいところを見せた」

涙を手の甲で拭《ぬぐ》って春巌が謝した。

「いや、悲しいときは泣けばよい。別に恥ずべきことではない」

「かたじけない」

春巌がこうべを垂れた。

「十六年前、広島で仁休はなにをした」

春巌に目を当てて中兵衛がきく。

「仁休か。やつの本名は寿豪《じゅごう》というんだ」

「だから豪左衛門という名乗りを選んだのか」

得心したように中兵衛がいった。

「寿豪は俺たちの父親を殺した」

——そうか、仁休はそんなことをしたのか。

驚きをもって功兵衛は思った。

「なにゆえそのような仕儀に至った」

表情を引き締めて中兵衛がきく。

「父上は主家の御典医を務めていた。寿豪は父上の助手をしていた」

「それが、どうして父上を殺すことになった」

「寿豪は母上と密通していた。それが父上にばれて、母上ともども成敗されそうになった。斬りかかった父上から刀を奪い、寿豪は逆に斬り殺した。父上がこつこつと貯めてきた八百両もの金を盗み、母上と一緒に逃げたのだ。それらすべては、俺たち兄弟の目の前で起きた」

「なんと、そうだったのか……」

中兵衛は、それ以上の言葉をなくしたように見えた。功兵衛自身、春厳の話に強い衝撃を受けていた。

――父が無惨に斬り殺される瞬間を、春厳どのは目の当たりにしたのか。それは、大きな傷となって心に残るであろうな……。

「そのときの幼い兄弟の目が忘れられず、罪滅ぼしにやつは燃え盛る火事の中に飛び込んだのだな」

小さく独り言をつぶやいた中兵衛が言葉を続ける。

「それで、残された兄弟で仇討ち旅に出たのだな」

中兵衛にきかれ、そうだ、と春厳が首を縦に振った。

「それが十六年前の暮れのことだ」

「それからずっと寿豪を追っていたのだな」

ああ、と春厳が答えた。

「最初は九州《きゅうしゅう》に逃げたと聞かされ、何年もかけて俺たちは彼《か》の地を懸命に捜し回った。だが、やつが九州にいないのは明らかだった。その後、俺たちは寿豪たちが上方にいるという噂を耳にし、急ぎ足を向けた。しかし、やつはそこにもいなかった」

「江戸にいるとは考えなかったのか」

少し不思議そうに中兵衛がきいた。

「むろん一番に考えた。それゆえ、江戸にはこれまで何度も足を運んでいる。そのたびに捜索は不首尾に終わったが、こたびに限っては確証があった。信用できるお方が、深川か本所に寿豪がいると知らせてきたのだ」

「その信用できるお方というのは、かなりの腕利きだな」

「若い頃、父上が江戸で学問に励んでいたとき、同じ塾で机を並べていたお方だ。父上にはだいぶ世話になったといってくださり、これまでいろいろ面倒をみていただいた。宿坊のことを教えてくださったのも、そのお方だ」

そうだったのかい、といって中兵衛が優しい眼差《まなざ》しを春厳に向ける。

「その人も御典医なのか」

「いや、町医者だ。かなり繁盛しているらしく、それゆえ知り合いが多い。なにか手がかりがないものか、とこれまでずっと寿豪を捜し続けてくださっていた」

「それでついに手がかりを見つけたのか」

そうだ、と力んだ顔で春厳がいった。

「そのお方は内藤新宿で医療所を開いていらっしゃるゆえ、深川や本所はかなり遠い。そのために、これまでなかなか寿豪の手がかりを得られなかったのだ」

「その方から知らせを受けたおぬしたちは、勇んで江戸にやってきたのだな」

その通りだ、と春厳が深く顎《あご》を引いた。

「江戸にはいつやってきた」

「一月ばかり前だ」

「それからずっと捜し続けていたのか」

「深川や本所は広い土地ではあるが、これまでとは格段に範囲が狭まったゆえ、捜索には力が入った」

「それで、寿豪は見つかったのか」

「いや、見つからなかった」

唇を噛《か》んで春厳が首を横に振った。

「そのうち、こちらが捜し回っていることを逆に寿豪に気づかれたようなのだ」

「そのため、秋孝どのは返り討ちにされてしまったのだな……」

「おそらくそういうことだと思う」

悔しそうにいって春厳がうなだれた。

「それは辛《つら》いな……」

「俺が本懐を遂げることで、弟の無念を晴らすしかない」

闘志を全身にたたえて春厳がいった。少しは剣が遣えるのだろうか、と功兵衛は思い、春厳を見つめた。

そこそこの腕というところではないか。春厳の父を斬り殺したとはいえ、仁休が大した腕前とは思えない。

刀を握って対峙《たいじ》したら、春厳は仁休を討てるのではないだろうか。

「寿豪と一緒に逃げた母上はどうなった」

「わからぬ」

唾《つば》を吐くような口調で春厳がいった。

「江戸に来る途中、寿豪に無慈悲に捨てられたのではないか。おそらくどこかで、侘《わ》びしく野垂れ死にしたに決まっている……」

ふん、と鼻から息を吐き出し、体に力を入れ直したらしい春厳が、藤森どの、と呼びかけた。

「今どこへ向かっているのだ」

どういう意図を持ってどこを目指しているのか、中兵衛が丁寧に説明した。

「寿豪は父上から奪った金で医療所を開いたのみならず、居心地のよい暮らしを求めてよそに家作を買ったのか」

「買ったかどうか、まだわからねえ。西木屋が知っているかどうかも、今のところはっきりしねえ。とにかく、今は西木屋へ行き、話を聞いてみるしか手はねえんだ」

中兵衛が肩をそびやかし、足を速めた。

五

中兵衛が西木屋の暖簾《のれん》を払い、中に入っていく。

功兵衛と春厳、糸吉、善八も続いて足を踏み入れた。

店内に客らしき者は一人もおらず、がらんとしていた。

五人の男がいきなり店に入ってきて、奥の帳場にいたあるじとおぼしき男は驚いたようだ。帳場格子をどけ、土間の雪駄《せった》を履いて近づいてくる。

「これは藤森さま」

中兵衛を認め、あるじが辞儀する。

「道之助、忙しいところを済まねえが、また話を聞かせてもらいてえんだ」

「どんなことでございましょう」

小腰をかがめて道之助と呼ばれた男が、中兵衛に問う。

「豪左衛門だが、深川常盤町一丁目のほかに家作を購《あがな》っていねえか」

道之助に中兵衛が質問をぶつけた。

「承知いたしました。また帳面で調べてまいりましょう」

帳場に上がった道之助が行灯《あんどん》を引き寄せ、机の上に置いてあった帳面を開く。しばらく帳面をにらみつけるようにしていた。首をひねって帳場を下り、中兵衛に近寄った。

「深川常盤町一丁目のほかには、豪左衛門さんがうちから購った家作はございませんね」

「まちがいねえか」

厳しい目を道之助に当てて、中兵衛が確かめる。

「はい、まちがいございません。何度も帳面を確かめましたので……」

そうかい、と中兵衛がいった。

「道之助、手間をかけて済まなかったな」

軽く手を振って、中兵衛が西木屋をさっさとあとにする。功兵衛たちも続いた。

「よし、別の口入屋に行ってみよう」

不屈さを感じさせる声音でいって、中兵衛が力強く歩き出す。まず本所三笠町一丁目の自身番を訪れ、近くにある口入屋のことを、詰めていた町役人にすべて聞き出した。

町役人によれば、五町四方ほどの中に五軒の口入屋があるとのことで、中兵衛は五軒すべてを訪問した。

当たりを引いたのは最後の五軒目の口入屋だった。

そこは福馬《ふくま》屋といい、七十を過ぎたと思える男があるじを務めていた。店は本所石原新町《いしわらしんちょう》にあり、どこかかび臭かった。

中兵衛にきかれ、あるじが、ああ、としわがれた声を上げた。

「豪左衛門さんが買い求めた家作なら、だいぶ昔のことですが、手前が扱いましたよ。あれから、もう十五年はたつんじゃないでしょうか」

奥の帳場に座り込んだままあるじがいった。

「豪左衛門の家作はどこにある」

勢い込んだ中兵衛が詰問するようにいった。春厳も意気込んだ顔つきで、あるじをじっと見ている。

「本所松倉町《まつくらちょう》でございます」

中兵衛たちの態度になにも感じていないのか、あるじが平然と答えた。

「最近、豪左衛門を本所松倉町で見かけていねえか」

しわを深めて、あるじが苦笑する。

「この歳ですから、手前が本所松倉町に行くことは滅多にございません。ですので、豪左衛門さんの姿を目にしたことはございません。店子《たなこ》から、店賃をもらいに毎月来ているとの話は聞いたことがございますが……」

「じかにもらいに来ているということは、大家は置いてねえのか」

ええ、とあるじがうなずく。

「豪左衛門さん自身で大家を務めているようでございます」

「そんな者は、この江戸では大して珍しくもねえな」

土間を向いて中兵衛がつぶやいた。

「本所松倉町とひと口にいっても、かなり広えな。あるじ、申し訳ねえが、豪左衛門の家作まで案内してもらえねえか」

あるじに近寄って中兵衛が頼み込んだ。

「よろしゅうございますよ」

気安い口調でいって、あるじが立ち上がる。外に出て戸に錠をかけた。

「では、まいりましょう」

あるじが先導をはじめた。意外にしっかりした足取りで、せかせかと道を歩いていく。

本所松倉町は、本所石原新町から北へ一町ほど行ったところにある町だった。北《きた》割下水《わりげすい》沿いに、東西三町以上の長さを誇っているそうだ。

そのため功兵衛には、中兵衛が、かなり広いな、といった意味がすとんと腑《ふ》に落ちた。

「こちらでございますよ」

路地をいくつか進んだ功兵衛たちが案内されたのは、寿五郎《じゅごろう》長屋という小さな看板が打ちつけられた木戸がある裏長屋だ。全部で十二の長屋が、細い路地を挟んで向き合っている。

寿五郎という名は、本名の寿豪から取ったものだろう。

「足労をかけて済まなかった」

中兵衛が福馬屋のあるじをねぎらった。

「では、もう帰ってよろしゅうございますか」

「うむ、けっこうだ」

「それでは、手前はこれにて失礼します」

曲がった腰をさらに深く折ってから、あるじが道を戻っていく。

「この長屋に寿豪はいるのだろうか」

唾《つば》を飲み込んで春厳がいった。厳しい眼差《まなざ》しを長屋に当てている。

「さっそく調べてみよう」

木戸を入った中兵衛が、洗濯物を取り込んでいた女房に近づいていく。

「ちとたずねるが」

いきなり町方役人から声をかけられた女房が洗濯物を持つ手を止め、その場で立ちすくんだ。

「いや、そんなにかたくならずともいいんだ。聞きてえことがあるだけだ」

「は、はい」

女房が怯《おび》えた目を中兵衛に向ける。

「いま大家はこの長屋に住んでいるのか」

「えっ、大家さんですか。いえ、住んでなんかいません」

かぶりを振って女房が否定する。

「まちがいねえか」

ええ、と落ち着きを取り戻した風情で女房が答えた。

「この長屋の店はいま一杯ですから、大家さんが入れる店はありませんし……」

功兵衛は五間ほど先に立つ女房を見つめた。女房が仁休をかばい、嘘をいっているようには思えない。

当てが外れたな、と功兵衛は思った。ならば、仁休は今どこにいるのか。

女房に礼をいって中兵衛が木戸のところに戻ってきた。

「ここに仁休はいねえ。仕方ねえ、引き上げるしかあるめえ」

残念そうにいって中兵衛が道を歩きはじめる。

「寿豪が本当に長屋にいないのか、一つ一つ店を確かめずともよいのか」

あわてたように春厳が中兵衛にきく。

「そこまでするまでもなかろう。仁休、いや、寿豪はこの長屋にはいねえ」

「あの女が嘘をいっているかもしれぬではないか」

「嘘はついてねえよ。俺にはわかる」

春厳にいって中兵衛が続ける。

「店子の暮らしに口出しをする大家が同じ長屋内で生活していたら、店子はもっとぴりぴりしていなければおかしいし、なにより店子が大家がいることを知らねえはずがねえ。もしあの長屋に寿豪がいるなら、店子が俺に話さねえはずがねえ」

だったら、と春厳がいった。

「寿豪は今どこにいるんだ」

「寿豪には、まだほかに家作があるのではないか」

功兵衛は思いついたことをいってみた。

「考えられねえことはねえが、今からまた口入屋を当たって寿豪の家作を探し出すというのは無理だな」

いつしか日暮れが迫っており、西の空は橙色《だいだいいろ》に染まりつつあった。翌朝も冷え込むのではないかと予感させるような、冷たい風が吹きはじめている。

「仕方ねえ、じき夜になっちまうが、今次のところへ行ってみるか。やつが仁休の目論見に手を貸したのはまちがいねえんだ。ここはなんとしても、吐かせるしかねえ」

今から責めにかかるような荒々しい口調で中兵衛がいった。

「その今次というのは何者だ」

あれ、といって中兵衛が春厳を見た。

「おめえ、俺の後をずっとつけていたんだろう。俺が今次の手習所に行ったときも、つけていたんじゃねえのか」

「いや、つけておらん。おぬしの顔を再び見たのは、うまい天ぷら屋だからな」

「なにっ」

中兵衛が驚きの顔になった。

「おめえ、庄正にいたのか」

「藤森どのが入ってきたとき、俺は弟の冥福を祈って天ぷらを食べていたんだ。天ぷらは弟の大の好物だったゆえ。藤森どのの顔が見えて肝を冷やしたが、客で混み合っていたのでうまく隠れることができた」

「別に悪さをしているわけじゃねえから、隠れずともよかったんじゃねえか」

「町方役人にいろいろきかれれば、自由に動くことを封じられるような気がしてならなかった……」

「だが、その後、ずっと俺の後をつけていたのだろう。そのとき俺に声をかければ、よかったじゃねえか」

「あのときはなぜかそれができなかったのだ」

憤然として春巌がいい、中兵衛にきく。

「それで、その今次というのは何者だ」

「潰《つぶ》れかけた手習所の手習師匠だ」

「潰れかけたというのは、どういうことだ」

「すべての手習子に逃げられちまったのさ」

それを聞いて功兵衛は、なにっ、と思った。

「今次が手習子に逃げられたのは、いつのことだ」

功兵衛は鋭い声で中兵衛に質《ただ》した。いきなりきかれて、中兵衛が当惑の表情になった。

「半月ほど前のことだと思うが」

その言葉を耳にした功兵衛は確信を得た。

「仁休は今次のところだ」

「なにっ」

頓狂《とんきょう》な声を上げ、中兵衛が功兵衛をまじまじと見る。

「その根拠は」

「藤森どの、話はあとだ。行くぞ」

地を蹴《け》り、功兵衛は走り出した。暮れなずむ町は、のんびりと道を行く者が多かった。しかし、功兵衛がそれらの者にぶつかることは決してなかった。

「永見さん、委細を話せ」

後ろから追いついてきて中兵衛がせがむ。

「春厳さんたちの網が狭まってきたのを肌で感じた仁休は今次に頼み、隠れ家として手習所を供してもらったんだ」

「では、手習子に逃げ出されたんじゃなく、わざと追い出したのか。手習子に匿《かくま》っていることを知られるのを恐れて……」

「おそらく手習子の親たちに幾ばくかの金を払い、他言無用をかたく命じた上でな」

「その金の出どころも、むろん仁休というわけだな」

その通りだ、と功兵衛はいった。

「その報酬は、おそらく前金と後金に分けたんだろう。今次が寝言で気にしていた金は、後金のことにちがいあるまい」

功兵衛たちは西の空に日が落ちる寸前、深川常盤町一丁目にやってきた。

中兵衛が先頭になって今次の手習所の枝折戸を開け、庭に勢いよく入り込んだ。

中に明かりが灯《とも》っているのが障子越しに見える。

「御用だ、神妙にしやがれ」

十手を手にした中兵衛が濡縁《ぬれえん》に躍り上がり、障子を蹴破《けやぶ》った。間を置くことなく功兵衛も続いた。

部屋には二人の男が碁盤を挟んで座していた。一人は今次とおぼしき男で、もう一人は頭を丸めていた。仁休でまちがいあるまい。

「寿豪っ」

濡縁に立って春厳が怒号する。功兵衛が思ってもいなかった迫力がその声にはあった。

「神妙に勝負せよ」

腰の道中差を春厳がすらりと抜いた。

口をぱくぱくさせて仁休がよろよろと立ち上がる。蒼白《そうはく》になった顔面が行灯《あんどん》の明かりに照らされていた。

「行くぞっ」

道中差を右手に持ち、春厳が仁休めがけて突っ込もうとする。

「待てっ」

その前に立ちはだかって中兵衛が春厳を制止する。目を吊《つ》り上げた春厳が足を止める。

「要らぬ止め立てをするな」

真っ赤な顔になった春厳が中兵衛に怒声を浴びせる。

「要らぬ、ということはない。これは入り用の処置だ」

「なにゆえ」

紅潮した顔のまま春厳がきく。

「仁休、いや、寿豪だが、これからいろいろ取り調べなければならねえ。ここで殺されちまっては、ほとんどのことが謎で終わっちまう」

興奮しているとはいえ、春厳はその言葉を解したようだ。

「取り調べのあと、仇は討たせてくれるのか」

「調べが済んだら、必ず立ち会わせてやろう」

「約束だぞ」

血走った目で春厳が確かめる。

「よくわかっている。俺は約束をたがえることはねえから、安心していてくれ」

くっ、と奥歯を噛《か》み締めるような音を発してから、春厳が道中差を鞘《さや》におさめた。

「それでよい」

安堵《あんど》したようにいって中兵衛が仁休に近づいた。

「やはり生きていたのか……。おめえもいろいろ細工したようだが、俺はすべてを見通していたぜ」

仁休が、がくりと首を落とした。

「善八、二人に縄を打ちな」

その途端、今次が畳を蹴って逃げ出そうとした。すかさず功兵衛は今次の首筋に手刀を見舞った。春厳を打ったときよりかなり強めだった。

ぐっ、と声を上げ、今次が濡縁に倒れ込み、その勢いのまま庭に転がり落ちた。ううぅ、と横になって悶《もだ》え苦しんでいる。

善八が、まず仁休の体を縄で巻いた。その縄の先端を中兵衛に任せて自身は庭に下り、今次に新たな縄を打った。

「これでよし」

善八が額に浮いた汗を拭《ぬぐ》う。笑顔の中兵衛が功兵衛を見た。

「永見さんを連れてきて本当によかったぜ。まさか今次の手習所に仁休がいるとは思わなかったからな。まさに、灯台下暗し、というやつだな」

「まさかこんな近くに隠れていようとは、手練《てだれ》の町方役人であろうと、なかなか思い至らぬものだ。仁休は熟慮の上、この手習所を選んだのだろう」

首を傾げて功兵衛は中兵衛を見やった。

「なんだ、その目は。なにか俺にいいてえことがあるのか」

顔を突き出すように中兵衛がきいてきた。

「ああ、ある」

「なんだ、いってみな」

「今次のことだ。手習子に逃げられたという話をもっと早くしてくれていたら、本所松倉町まで足を延ばさずに済んだぞ」

「ああ、そいつは済まねえ」

中兵衛が素直に謝る。

「まさか、伝えてねえとは思わなかった。それに、仁休の事件とは関わりがねえ、と思っていたし……」

その後、仁休と今次は中兵衛たちの手で北町奉行所に引っ立てられていった。

功兵衛と糸吉は聞心屋に戻り、顚末《てんまつ》を布美に詳らかに伝えた。

六

明くる日の昼すぎ、中兵衛がまた裏口から聞心屋にやってきた。功兵衛と布美、中兵衛、糸吉の四人は台所横の部屋に集まった。

「仁休はすべてを話したぜ」

功兵衛たちを見ながら中兵衛が口を開いた。

「仁休は安芸国広島の医者の家で生まれ、長じてから御典医の助手になった。御典医の妻と密通しており、それが露見して御典医に斬られそうになったが、逆に斬り殺した。八百両もの金を奪い、御典医の妻と一緒に広島を逃げ出した」

そこでいったん中兵衛が言葉を切った。

「二人は方々に足跡を残しながらほぼ一月かけて江戸にたどり着いたが、その頃には妻のほうが精神を病んで、体までおかしくしていた。妻は江戸に着いて五日後に死んだそうだ。まるで亭主の後を追ったように仁休には思えたそうだ」

瞑目してから中兵衛が茶を喫した。

「藤森さん、早く先を話してください」

強い声で布美が促す。

「わかってるさ」

湯飲みを置き、中兵衛が再び語り出した。

「御典医の妻の墓は北本所表町《おもてちょう》の寺につくったそうだ。北本所表町といえば、仁休の家作の長屋がある本所松倉町とは目と鼻の先だ。仁休は毎月一度、店子から家賃を取り立てに行っていたが、そのとき妻の墓参りもしていたそうだ」

「御典医の妻のことを深く愛していたんでしょうね」

どこか羨《うらや》むような口調で布美がいった。

「それで肝心の事件はどうだったんですか」

うむ、と中兵衛が顎を引いた。

「仁休は春巌の弟の秋孝を手にかけてはいねえようだ」

「その言葉は信用できるのですか」

「信用できそうだ」

また茶を喫して中兵衛が言葉を継ぐ。

「火事が起きた日の暮れの六つ半頃、今次が仁休の医療所を訪ねていったそうだ。そのとき医療所の庭の植え込みで倒れている男を見つけたんだ」

「では、それが秋孝どのか」

功兵衛にきかれて中兵衛が首肯する。

「そうだ。秋孝は植え込みに隠れ、仁休がまことに寿豪なのか、証拠を握ろうとしていたのかもしれねえ。ただし、すでに息も絶え絶えで、今次が医療部屋に担ぎ込んだときは、手の施しようがなかったらしい」

そういえば、と功兵衛は思い出した。春厳が、秋孝は体の具合がおもわしくなかった、といっていた。

「ついに仇の間近まで来たことで感情が高ぶりすぎ、おそらく弱っていた心の臓をやられて、秋孝はあの世に逝っちまったんだろう」

「だったら、仁休と今次は秋孝さんを手にかけていないのね。二人の仕置はどうなるの」

「仁休の身柄は広島に送られ、厳しく取り調べられるようだ。その後、春厳は仇討《あだう》ちのための果たし合いに挑むことになりそうだな」

「春厳さんは勝てるの」

不安そうに布美がきいた。

「必ず勝てるよう、主君や周りの者たちが万事十分、準備するから大丈夫だ」

「仁休はそれでよいけど、今次はどうなるの」

「秋孝を手にかけていねえのはまちがいなさそうだから、遠島かもしれねえ。仁休が国元で殺しをしたことを知っていろいろ手助けしたという事実は軽くはねえ」

「でも、その程度で済むんですか」

布美は不満の色を露《あら》わにしている。

「その程度というが、八丈島への遠島はこの世の地獄といわれるほど辛《つら》い刑罰だぜ」

「確かにそう聞きますね」

布美は合点がいったような顔だ。

「どうだ、布美。おもしろい読売になりそうか」

「もちろんですよ。腕に縒《よ》りをかけて記事を書きます」

布美は力こぶをつくるような仕草を見せた。

「そりゃよかった」

満足げに中兵衛がにこにこしている。

「うむ、まことによかったな」

万感の思いを込めて功兵衛はいった。

そのとき座敷のほうから、布美さん、という大声が聞こえた。

「すぐに来てください」

あれはこの家の奉公人である田之助の声ではないか。今は、昏々《こんこん》と眠っている邦市の看護についていた。

布美が立ち上がり、部屋を飛び出していく。功兵衛たちもそのあとに続いた。

田之助が廊下に呆然《ぼうぜん》と立ちすくんでいる。

いち早く座敷に入った布美が邦市の布団の前で声をなくしていた。

見ると、おびただしい血を吐き出したのか、邦市の着物や布団が真っ赤に染まっていた。

「お医者を呼ばなければ」

布美が部屋を出ていこうとしたが、中兵衛がそれを止めた。

「布美、もう手遅れだ。邦市はもうあの世の住人になっちまってる」

「そ、そんな――」

信じられないという顔で布美が布団に倒れ込み、邦市をかき抱いた。その姿勢で大声を上げて泣きはじめる。

布美の号泣が功兵衛の耳を打つ。なんということだ。功兵衛は言葉を失い、その場に立ち尽くすしかなかった。

本書は書き下ろしです。

江戸《えど》の探偵《たんてい》

上訴《じょうそ》の難《なん》

鈴木英治《すずきえいじ》

令和６年 10月25日　初版発行

発行者●山下直久

発行●株式会社KADOKAWA
〒102-8177　東京都千代田区富士見2-13-3
電話　0570-002-301（ナビダイヤル）

角川文庫 24282

印刷所●株式会社暁印刷
製本所●本間製本株式会社

表紙画●和田三造

●お問い合わせ
https://www.kadokawa.co.jp/（「お問い合わせ」へお進みください）
※内容によっては、お答えできない場合があります。
※サポートは日本国内のみとさせていただきます。
※Japanese text only

ISBN 978-4-04-114379-7　C0193

◇◇◇

角川文庫発刊に際して

角川源義

第二次世界大戦の敗北は、軍事力の敗北であった以上に、私たちの若い文化力の敗退であった。私たちの文化が戦争に対して如何に無力であり、単なるあだ花に過ぎなかったかを、私たちは身を以て体験し痛感した。西洋近代文化の摂取にとって、明治以後八十年の歳月は決して短かすぎたとは言えない。にもかかわらず、近代文化の伝統を確立し、自由な批判と柔軟な良識に富む文化層として自らを形成することに私たちは失敗して来た。そしてこれは、各層への文化の普及滲透を任務とする出版人の責任でもあった。

一九四五年以来、私たちは再び振出しに戻り、第一歩から踏み出すことを余儀なくされた。これは大きな不幸ではあるが、反面、これまでの混沌・未熟・歪曲の中にあった我が国の文化に秩序と確たる基礎を齎らすためには絶好の機会でもある。角川書店は、このような祖国の文化的危機にあたり、微力をも顧みず再建の礎石たるべき抱負と決意とをもって出発したが、ここに創立以来の念願を果すべく角川文庫を発刊する。これまで刊行されたあらゆる全集叢書文庫類の長所と短所とを検討し、古今東西の不朽の典籍を、良心的編集のもとに、廉価に、そして書架にふさわしい美本として、多くのひとびとに提供しようとする。しかし私たちは徒らに百科全書的な知識のジレッタントを作ることを目的とせず、あくまで祖国の文化に秩序と再建への道を示し、この文庫を角川書店の栄ある事業として、今後永久に継続発展せしめ、学芸と教養との殿堂として大成せんことを期したい。多くの読書子の愛情ある忠言と支持とによって、この希望と抱負とを完遂せしめられんことを願う。

一九四九年五月三日